HANS KRUPPA

AMANDA
UND DAS
ZAUBERBUCH

HANS KRUPPA

AMANDA UND DAS ZAUBERBUCH

EIN MAGISCHER WEG ZU SICH SELBST

Mit Illustrationen von Eva Spanjardt

HERDER FREIBURG · BASEL · WIEN

Es war ein wunderschöner Morgen. Der Himmel über Indien strahlte in wolkenlosem Blau, die Luft war klar und mild. In dieser Stimmung ging Amanda die Arbeit leicht von der Hand.

Nach etwa einer Stunde stieß die junge Archäologin beim Graben in der braunen, feuchten Erde auf etwas, das sie dort am allerwenigsten erwartet hätte – ein dünnes Buch mit weißem Einband, das so aussah, als sei es gerade frisch vom Buchbinder gekommen. Amanda stutzte, denn dieses Buch durfte auf keinen Fall so blütenweiß sein, wie es war. Verwirrt zog sie es aus der Erde und blätterte darin. Alle seine Seiten waren ebenso weiß und unbeschrieben wie der Umschlag. Ihre Hände, die von der Arbeit verschmutzt waren, hinterließen keinerlei Spuren auf dem Papier.

Amandas Verstand begann sich im Kreis zu drehen, ihr Herzschlag beschleunigte sich. Wie konnte ein weißes Buch, das aus Papier und Pappe bestand, so rein bleiben, wenn es in brauner, feuchter Erde gelegen hatte? Wenn es mit Händen angefaßt wurde, die in dieser Erde gearbeitet hatten? Was war das für ein rätselhaftes Buch? Wer hatte es dort vergraben? Wann und warum?

Plötzlich erschienen, wie von Geisterhand mit schwarzer Tinte geschrieben, auf einer Seite des Buches die Worte:

Warum vergräbt man einen Schatz?
Um ihn zu schützen.
Was aber zu gut geschützt wird,
kann in Vergessenheit geraten.
Doch was die Zeit überwindet,
steht über den Gesetzen der Welt
und trotzt ihren Elementen.
Es erscheint in der Welt,
doch es gehört ihr nicht an.
Es hat ihr alles zu geben,
doch es braucht nichts von ihr.
Jahrhunderte schlief es
nutzlos im Dunkel der Erde.
Jetzt kehrt es wieder
ans Licht der Welt zurück,
jetzt liegt es in deinen Händen.
Du hast es erweckt,
und es wird dich erwecken.

Amanda unterdrückte einen Aufschrei und kämpfte um ihre Selbstbeherrschung. Ein zweites Mal las sie Wort für Wort, was auf dem Papier in feiner Handschrift geschrieben stand.

Plötzlich verblaßte die Schrift ebenso unverhofft und unerklärlich, wie sie aufgetaucht war.

Amanda spürte, wie ihr Puls im Hals raste. Ihr Verstand rebellierte gegen das, was ihre Augen gesehen hatten. Doch es gelang ihm nicht, Amanda davon zu überzeugen, daß sie einer Sinnestäuschung zum Opfer gefallen war. Sie traute ihren Augen. Was gerade geschehen war, war wirklich geschehen.

Ein tiefes Glücksgefühl durchströmte sie. Ihr Gesicht begann zu strahlen. Sie hatte ein Zauberbuch gefunden!

Als junges Mädchen hatte sie oft davon geträumt, irgendwann einmal in der Schatzkammer der Erde auf etwas Phantastisches, Wunderbares, Magisches zu stoßen. Etwas, das den Verstand an sich selbst zweifeln ließ, aber das Herz entzückte und die Seele mit überwältigender Freude erfüllte. Mit vierzehn Jahren hatte sie den festen Entschluß gefaßt, Archäologie zu studieren, weil sie die Vorstellung unwiderstehlich reizte, der Erde verschüttete Geheimnisse und Schätze der Menschheitsgeschichte zu entlocken.

Nun schien ihr Mädchentraum in Erfüllung zu gehen.

Amanda sah sich nach allen Seiten um, doch niemand beachtete sie. Der amerikanische Kollege kniete zehn Schritte rechts von ihr in der Erde und arbeitete selbstvergessen und behutsam an der Säuberung einer buddhistischen Steintafel. Die französische Kollegin auf der anderen Seite kehrte ihr den Rücken zu.

Intuitiv entschloß Amanda sich zu einer Tat, die sie noch nie in ihrem Berufsleben begangen hatte: Sie öffnete die Jacke und versteckte das Buch in der Innentasche.

Die Unterschlagung eines Ausgrabungsgegenstandes verstieß nicht nur gegen die archäologische Berufsethik, sie war auch ein Vergehen im juristischen Sinn. Doch Amandas innere Stimme sagte ihr, daß sie mit der impulsiven Inbesitznahme dieses Zauberbuches kein wirkliches Unrecht beging. Hatte die plötzlich erschienene Schrift nicht erklärt, das Buch liege jetzt in ihren Händen? Dort lag nun auch die Verantwortung für diesen Schatz, der aus einer anderen Welt zu stammen schien – und dennoch in dieser Welt existierte.

Amanda stand auf, drückte das Buch mit der Hand gegen ihr wild klopfendes Herz und rief ihrem amerikanischen Kollegen zu, daß sie bald wieder zurück sei, was er mit einem knappen Kopfnicken quittierte.

Dann ging sie zu den Wohnwagen des Archäologencamps, das hier in Nordindien vor drei Monaten eingerichtet worden war, um freizulegen, was von einem bedeutenden buddhistischen Kloster aus vorchristlicher Zeit erhalten war.

Amanda zog die Gummistiefel aus und betrat ihren Wohnwagen. Sie wusch sich ihre Hände und schloß die Tür ihrer engen Behausung ab.

„Komfort kann ich dir nicht bieten, Amanda“, hatte der Leiter des Projekts, ihr Kollege und Freund Gerd sie gewarnt, als er sie vor zwei Wochen aus Indien angerufen hatte, „nur einen kleinen Wohnwagen, der gerade frei geworden ist, weil unsere italienische Kollegin das Team vorzeitig verlassen hat. Du warst doch immer schon sehr am Buddhismus interessiert, Amanda. Hier kannst du eine seiner historischen Wurzeln besichtigen! Wir graben eins der ältesten buddhistischen Klöster Indiens aus und finden Unglaubliches! Kommst du?"

Amanda war vor einer Woche gekommen und hatte vor ein paar Minuten etwas wirklich Unglaubliches gefunden.

Nach Gerds überraschendem Anruf hatte sie nicht lange überlegt und schon am Tag darauf einen Flug nach Delhi gebucht. Diese Reise bot ihr die einmalige Gelegenheit, ihr berufliches Interesse mit einer persönlichen Faszination zu verbinden, denn der Buddhismus hatte sie in seinen Bann gezogen, seit sie mit zwanzig Jahren ein gutes Buch über ihn gelesen hatte. Sie drang damals durch die Lektüre weiterer Bücher immer tiefer in das Leben und die Lehren Buddhas ein, lernte Yoga und begann zu meditieren, bis ihr Vater sie einmal mit seinem typischen Augenzwinkern fragte, ob sie eigentlich Archäologie oder Buddhismus studiere. Ohne ihr Studium zu vernachlässigen, vertiefte Amanda sich mehr und mehr in die vielfältige Welt des Buddhismus, in der sie sich auf magische Weise geborgen fühlte. Und ihre innere Stimme sagte ihr, daß ihr Weg durchs Leben ein buddhistischer sein würde, geprägt von Meditation und wachsender Einsicht, von Arbeit an sich selbst und Mitgefühl mit anderen. Und vor allem – von der Suche nach Erleuchtung.

Amanda zog das dünne Buch aus der Jackentasche und legte es behutsam auf den Tisch. Dann setzte sie sich, schlug es auf und strich mit den Fingerkuppen über sein Papier.

Auch wenn es völlig unvorstellbar war – dieses blütenweiße Buch war offensichtlich vor Jahrhunderten auf dem Gelände des buddhistischen Klosters vergraben worden, vielleicht von Händen, die es schützen wollten.

Da formten sich auf einer Seite die Worte:

> Dieses Buch dient
> dem Frieden des Menschen
> mit sich selbst und mit anderen.
> Doch um seinen Besitz
> entbrannte ein heftiger Krieg,
> der es in Vergessenheit
> geraten ließ.

Amanda lief ein Schauder über den Rücken. Nun war es sicher – dieses Buch konnte ihre Gedanken lesen! Und es konnte darauf antworten – in ihrer Muttersprache!

Amandas Augen begannen zu leuchten. Sie las die Schrift ein zweites Mal und fragte sich, ob sie gleich wieder, wie beim ersten Mal, verschwinden würde.

Auf der anderen Seite erschienen die Worte:

Diese Schrift wird verschwinden,
wie alles verschwindet
im Strudel der Vergänglichkeit –
Glück und Unglück,
Freude und Schmerz,
Gelingen und Scheitern,
Gelächter und Gejammer.
Nichts kannst du halten,
alles treibt in die Vergangenheit
und erstarrt zu Geschichte.
Nichts bleibt dir von alledem
als die Erinnerung,
die deine Seele nicht sättigt –
wie das Brot,
das du gestern gegessen hast,
nicht den Hunger stillen kann,
der dich heute quält.

Als Amanda die zweite Botschaft gelesen hatte, verschwand sie gleichzeitig mit der ersten langsam von beiden Seiten, wurde schwächer und schwächer und verblaßte schließlich ganz. Amanda nahm ihr Diktiergerät in die Hand und legte eine Kassette ein.

„Deine künftigen Worte, du geheimnisvolles Buch, werde ich auf Band sprechen, bevor sie sich in Luft auflösen", erklärte sie. „Ich möchte sie bewahren. Du hast doch nichts dagegen?"

Amanda blickte auf das aufgeschlagene Buch. Die Seiten blieben leer. Es antwortete also nicht auf jede Frage! „Magisches Buch, bedeutet dein Schweigen in diesem Fall Zustimmung oder Ablehnung?"

Amanda mußte unwillkürlich lachen. Da sprach sie zu diesem alle Naturgesetze verspottenden Buch wie zu einem Menschen. Einem Buch, das aus einem Märchen aus tausendundeiner Nacht in die Erde Nordindiens geraten war, einem wahr gewordenen Traum, einem Wirklichkeit gewordenen Zauber. Wie mochte dieses Wunder entstanden sein?

Amanda las die aus dem Nichts auftauchende Antwort:

Es entstand durch einen Mann,
der das Licht der höchsten Weisheit
in sich selbst erstrahlen sah
und das ewig kreisende
Karussell des Welttheaters
mit einem Sprung verließ.
Der Zauber seiner Erleuchtung
floß in dieses Buch,
das er im Augenblick

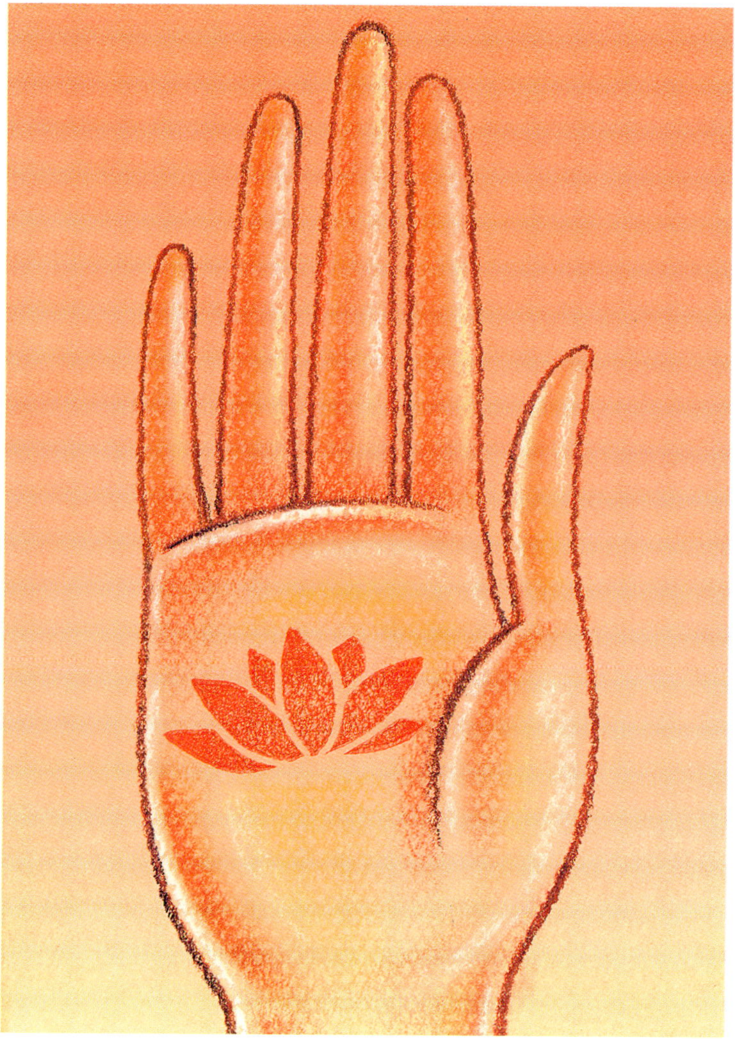

seiner endgültigen Befreiung
in den Händen hielt.
Seitdem spricht es
aus der Seele des Lebens
zu der Seele des Menschen,
der es in den Händen hält.

Noch während diese Worte auf dem Papier erschienen, sprach Amanda sie in ihr Diktiergerät. Dann spulte sie die Kassette zurück und betrachtete das Verblassen der Schrift.

Als sie die Worte des Wunderbuches noch einmal auf sich wirken lassen wollte, hörte sie zu ihrer Verblüffung nur das leise Betriebsgeräusch des sonst immer zuverlässigen Diktaphons.

Sie schaltete das Gerät erneut auf Aufnahme, sprach ein paar Worte, um einen Defekt völlig auszuschließen, und spulte das Band zurück.

„Was geschieht hier?" hörte sie ihre verunsicherte Stimme aus dem Lautsprecher des völlig intakten Diktiergerätes.

Sie legte das Diktaphon beiseite. Das Buch wollte offensichtlich nicht, daß seine Worte festgehalten wurden – und konnte zu diesem Zweck die Funktion eines technischen Gerätes außer Kraft setzen. Welche übernatürlichen Fähigkeiten mochte es noch besitzen? Sie schloß das Buch und strich mit den Fingerspitzen zärtlich über seinen einfachen Einband. Es sah aus wie eine schlichtes Tagebuch. Aber es war ein Wunder! Ein wahres Zauberbuch, geschaffen von einem Menschen, vermutlich einem Buddhisten, im Augenblick seiner Erleuchtung, die alle Weltgesetze überstieg.

Amanda öffnete das Buch wieder und sagte zu ihm: „Als ich noch ein Mädchen war, habe ich an Wunder geglaubt. Irgendwann habe ich diesen Glauben verloren. Ich mußte fünfunddreißig werden, um ihn wiederzufinden."

Das Zauberbuch ließ die Worte erscheinen:

Es ist gut,
den Wunderglauben
wiederzufinden,
der in der Seele
des Kindes lebt.
Doch besser ist es,
ihn erst gar nicht
zu verlieren.

Amanda versuchte, diese Worte auf ihrem Notizblock mitzuschreiben, doch das Papier nahm die Tinte ihres sonst immer zuverlässigen Füllfederhalters nicht an.

Diesmal hielt ihre Verwunderung sich in Grenzen. Sie begann das Unbegreifliche zu verstehen – daß dieses wie ein weißes Tagebuch aussehende, übernatürliche Phänomen in technische und mechanische Vorgänge eingreifen und sie in seinem Sinn manipulieren konnte.

Amanda verwarf den Gedanken, Fotos oder Videoaufnahmen von der flüchtigen Schrift zu machen. Sie würde auf den Bildern und Kassetten ohnehin nur leere Seiten sehen.

Wie zur Erklärung formten sich auf dem Papier die Worte:

Dieser Augenblick,
nicht der vergangene
oder der kommende,
dieser einmalige Augenblick
ist die einzige Tür
ins wirkliche Leben.
Öffne sie jetzt –
oder du öffnest sie nie.

Die Schrift verblich.

Amanda nickte verstehend. Die Worte dieses Zauberbuches waren nur für den Augenblick bestimmt, in dem man sie las – weil alles Wesentliche nur im Jetzt geschehen konnte. In dem wunderbaren Moment, wenn das ganze Wesen ohne jede Ablenkung in der Gegenwart aufging und eins mit ihr wurde. Wenn keine Faser der Seele vom Augenblick abschweifte. Dann war alles möglich. Das Wunder, der Zauber, die Erleuchtung.

Erleuchtung. Nicht nur Buddhisten sprachen davon, auch viele Künstler, inzwischen sogar manche Wissenschaftler, doch jeder schien etwas anderes darunter zu verstehen. Aber wie mochte sie wirklich sein, die Erleuchtung?

Auf dem Papier bildete sich die Antwort:

Das Ich erkennt
mit einem Schlag,
daß es nicht ein Tropfen,
sondern der gesamte Ozean ist.
Es löst sich auf
im Glück des Verstehens
und wird eins
mit der Seele des Lebens.

„Und wie erreicht man Erleuchtung?" flüsterte Amanda.

Die Antwort ließ nicht lange auf sich warten:

Gehe aus dem Scheinbaren ins Wesentliche,
aus dem Gerede ins Unsagbare,
aus dem Alltäglichen ins Eigentliche.
Gehe aus dem Dunkel ins Licht,
aus der Schwere in die Leichtigkeit,
aus der Illusion in die Wirklichkeit.

Wie mag es sein, dachte Amanda, erleuchtet zu werden? Wie empfindet man es? Es erschien die Schrift:

Was taub war,
kann endlich hören.
Was stumm war,
kann endlich sprechen.
Was blind war,
kann endlich sehen.
Was gefangen war,
ist endlich frei.

Amanda war es, als würde eine Wolkenschicht, die bis jetzt die Lichtverhältnisse ihres Bewußtseins bestimmt hatte, sich mit einem Mal auflockern. Sonnenstrahlen tiefen Verstehens berührten sie mit zärtlicher Intensität. Sie wurde sich der leuchtenden Gegenwart einer höheren Kraft bewußt, einer übermenschlichen Weisheit, gegen die sich der Verstand ausnahm wie ein Kerzenlicht im Sonnenschein.

Und das Zauberbuch erkannte, was in ihr geschah:

Dies ist die Weisheit
jenseits der Verstandesmauern,
die dich zur Erleuchtung führen wird,
wenn du ihr mit ganzem Vertrauen folgst.

Amanda atmete tief durch, legte das geöffnete Buch auf den Tisch und sah es lange an. Ihre Gedanken schwiegen, ihr Bewußtsein war leer. Doch diese Leere war voller Leben – sie strahlte, vibrierte, sie durchdrang alle Fasern ihres Wesens. Es war ein überwältigendes Gefühl, das ihr mit seiner magisch leuchtenden Stille tiefes Vertrauen schenkte.

Als das Gefühl gleichzeitig mit der Schrift des Zauberbuches erlosch, empfand Amanda das starke Verlangen, diese wunderbare Leere öfter zu erleben, tiefer zu spüren, um ihr schließlich ganz auf den Grund zu gehen – was immer sie dort auch erwarten mochte.

Eine Lebensauffassung, die sich im Hinnehmen des Offensichtlichen erschöpfte, hatte Amanda noch nie genügt. Sie fühlte, daß ihr Leben einen verborgenen, höheren Sinn hatte, der mit den Augen des Verstandes nicht zu erkennen war. Amanda hatte diesen geheimen Sinn jahrelang leidenschaftlich gesucht, aber nicht gefunden, um schließlich vor ihrer Enttäuschung in ihre Arbeit, in die Welt der Archäologie zu flüchten. Ihr angeborener Drang, dem Leben auf den Grund sehen zu wollen, hatte sie in die Vergangenheit geführt, zu den Spuren untergegangener Kulturen. Doch der Sinn des Lebens war nur in der Gegenwart zu erkennen. Sie hatte ihn in der falschen Zeit gesucht.

Amanda nahm das magische Buch behutsam wieder in die Hand und küßte es impulsiv. Die Ausgrabungsarbeiten waren für sie beendet. Sie war auf ein Wunder gestoßen, das bereits begonnen hatte, ihr Leben zu verändern.

Die Wiederentdeckung dieses Zauberbuches war ein so ungeheuerliches Ereignis, daß sie Zeit brauchen würde, um es in seiner ganzen Tragweite zu begreifen. Und sie würde einen Menschen brauchen, dem sie ihre Entdeckung zeigen konnte, mit dem sie darüber reden konnte. Einen Menschen, dem sie vertraute, mit dem sie unbesorgt ihr Geheimnis teilen konnte, das für sie allein zu groß, zu überwältigend war.

Amanda entschloß sich, den nächstmöglichen Flug zurück nach Deutschland zu nehmen. Sie stand auf und steckte das weiße Buch wieder in die Innentasche ihrer Jacke – so behutsam, als sei es ein empfindsames Lebewesen.

Dann machte sie sich auf den Weg zu Gerd, dem Projektleiter, um ihm ihren Entschluß mitzuteilen. Er würde enttäuscht sein, daß sie schon nach einer Woche wieder abreiste. Amanda wußte, daß Gerd sie seit Jahren auf seine schüchterne Art verehrte und daß sein Entschluß, sie nach Indien einzuladen, von seiner Hoffnung getragen gewesen war, Amanda in der kleinen Welt der Ausgrabungsstätte näher zu kommen.

Sie fand ihn bei der überlebensgroßen, steinernen Buddha-Statue im Meditationsbereich des ehemaligen Klosters, dem bislang spektakulärsten Fund des internationalen Archäologenteams.

Als Gerd Amanda kommen sah, ging er ihr mit seinem

immer etwas unsicher wirkenden Lächeln entgegen. „Ist das nicht ein Prachtstück?“ sagte er begeistert und wies mit der Hand auf das beeindruckende buddhistische Kunstwerk, mit dem die Jahrhunderte dank günstiger Umwelteinflüsse schonend umgegangen waren.

Amanda nickte und senkte den Kopf. Sie haßte es, nette Menschen zu enttäuschen, und Gerd war ein netter Mensch – nur konnte sie seine unausgesprochenen Gefühle zu ihr nicht erwidern. Warum eigentlich nicht? Er war ein brillanter Archäologe, ein freundlicher Mann und zuvorkommender Freund – aber mehr auch nicht.

„Was ist los, Amanda?“

Amanda seufzte und sah Gerd in die Augen. „Ich muß dringend zurück nach Deutschland. Ich will gleich packen.“

Gerd schluckte, preßte die Lippen aufeinander und senkte den Blick. Er räusperte sich und sagte mit belegter Stimme: „Das kommt überraschend.“

Amanda berührte ihn leicht am Oberarm. „Ja – auch für mich, Gerd. Ich danke dir sehr für deine Einladung nach Indien. Du hast damit mein Leben bereichert.“

„Und trotzdem willst du so schnell abreisen? Bleibe doch noch ein paar Tage!“

Amanda schüttelte den Kopf. „Ich muß zurück nach Deutschland, aus ganz persönlichen Gründen. Bitte nimm es mir nicht übel.“

Gerd bemühte sich zu lächeln, aber es wollte ihm nicht so recht gelingen. „Gut, ja. Wenn du gehen mußt, dann geh!“ Er lachte verkrampft. „Klingt schaurig, was ich da gesagt habe. Wie ein Schlagerrefrain. Egal – es war schön, daß du eine Woche hier warst, auch wenn wir leider nicht viel Zeit füreinander hatten. Vielleicht im Mai beim Kongreß in Paris? Du kommst doch?“

Amanda lächelte, trat einen Schritt vor und umarmte Gerd, was sie noch nie getan hatte. Es war ihr Dank für das magische Buch, das sie ohne Gerds unfreiwillige Mithilfe nie gefunden hätte.

Ehe er wußte, wie ihm geschah, entzog Amanda sich ihm und ging mit schnellen Schritten zu ihrem Wohnwagen.

„Amanda! Kann ich dich zum Flughafen fahren?“ rief Gerd ihr nach.

Sie drehte sich um und nickte ihm lächelnd zu.

Der Flug war lang und anstrengend gewesen. Als Amanda am frühen Nachmittag in ihrer Wohnung erwachte und auf den Wecker blickte, stellte sie fest, daß sie sechzehn Stunden an einem Stück geschlafen hatte. Es war ein gutes Gefühl, im eigenen Bett aufzuwachen und die Strapazen der langen Rückreise hinter sich zu wissen.

Ein Lichtstreifen fiel durch den Spalt der nicht ganz geschlossenen Vorhänge auf ein weißes Buch auf dem Nachttisch. Amanda war mit einem Schlag hellwach. Sie setzte sich auf, griff danach und sah es mit faszinierten Augen an.

Sie hielt ein Zauberbuch in der Hand, das sie von Indien nach Deutschland gebracht hatte – und niemand außer ihr wußte davon. Amanda schlug es auf und blätterte darin. Wie immer waren alle Seiten weiß wie frisch gefallener Schnee.

Diesem Wunder war allem Anschein nach Dauerhaftigkeit verliehen. Bislang hatte Amanda sich unter einem Wunder immer etwas Kurzlebiges vorgestellt. Es geschah, veränderte die Wirklichkeit auf unfaßbare Art – und verschwand wieder im Nebel der Vergangenheit, bis es nur noch eine Legende war, ein Märchen, das man Kindern erzählte.

Dieses weiße Buch war die unvergängliche Erscheinungsform eines erleuchteten Bewußtseins. Sein Sinn schien darin zu bestehen, Menschen hilfreich auf ihre brennenden Fragen zu antworten. Aber wenn es geschaffen wurde, um Menschen zu dienen, warum hatte es dann eine Ewigkeit lang in der Erde Indiens gelegen?

Dieses Buch kann Menschen bewegen,
doch sich selbst nicht.
Wo es liegt, bleibt es liegen,
bis eine Hand nach ihm greift.

Wieder durchströmte Amanda das überschäumende Glücksgefühl, das sie empfunden hatte, als diese Schrift zum ersten Mal vor ihren Augen aufgetaucht war. Es war wunderbar, aber auch etwas beängstigend, daß dieses Buch ihre Gedanken lesen konnte – und sicherlich nicht nur ihre.

Auf dem Papier erschienen die Worte:

Dieses Buch kann nur
die Gedanken des Menschen lesen,
der es aufschlägt.
Du hast es aufgeschlagen,
weil deine Sehnsucht
nach höchster Einsicht
dich zu ihm geführt hat.

Amanda schloß das Buch und ging einige Lebensmittel einkaufen, denn sie hatte nach der Reise nichts zu essen im Haus. Sie trug die Einkäufe in ihre geräumige Mansardenwohnung hoch. Während ihres späten Frühstücks dachte sie darüber nach, mit wem sie ihr Geheimnis teilen sollte. Verschiedene Menschen gingen ihr durch den Sinn. Am Ende blieben nur wenige übrig, die in Frage kamen. Und selbst diese wenigen – waren sie wirklich voll und ganz vertrauenswürdig, wenn es um ein Wunder ging?

Je länger Amanda darüber nachdachte, desto klarer wurde ihr, daß es nur einen Menschen gab, bei dem ihr Geheimnis in völlig sicheren Händen lag. Er hieß Roland und war ihr Vater.

Doch bevor sie sich auf den Weg zu ihm machte, wollte sie dem Zauberbuch noch ein paar Fragen stellen. Fragen, die immer wieder in ihrem Bewußtsein aufgetaucht waren. Fragen, auf die sie nie so recht eine Antwort gefunden hatte. Nicht in Büchern, nicht bei anderen Menschen, nicht in sich selbst.

Amanda ging ins Schlafzimmer, setzte sich auf das Bett, nahm das Zauberbuch vom Nachttisch und schlug es auf. Schon immer hatte sie die Frage nach dem Wert ihres Lebens beschäftigt. Manchmal empfand sie es als sehr kostbar, und der Gedanke an den Tod machte ihr angst. Denn Amanda liebte ihr Leben, auch wenn sie Stunden und Tage kennengelernt hatte, in denen es ihr nicht allzu viel wert gewesen war, düstere Zeiten der Traurigkeit, Hoffnungslosigkeit, Zeiten der inneren Leere.

Unwillkürlich blickte sie auf das Zauberbuch und sah, wie die Schrift sich formte:

> Es gibt zwei Arten
> von innerer Leere.
> Die eine ist die
> ungenießbare Frucht
> des Leidens am Leben.
> Die andere ist die
> köstliche Frucht
> völliger Gegenwärtigkeit,
> wenn die Gedanken schweigen
> und die Seele sich ihrer
> strahlenden Freiheit bewußt wird.

Amanda verstand. Sie kannte diese kostbaren Momente, in denen das Leben auf einmal zu funkeln begann und der Augenblick eine Bedeutung und einen Zauber bekam, daß ihr tagtägliches Dasein dagegen wie ein Schlaf bei vollem Bewußtsein wirkte. Diese Zeiten höchster Glückseligkeit hatten drei Gemeinsamkeiten – vollendete Gegenwärtigkeit, das Schweigen der Gedanken und die leuchtende Leere des Bewußtseins, das seine wahre Natur erkannte.

Amanda hatte diese magischen Momente immer wieder gesucht, seit sie zum ersten Mal die leuchtende Leere erlebt hatte – als dreizehnjähriges Mädchen, allein in ihrem Bett, kurz vor dem Einschlafen.

Damals geschah etwas mit ihr, etwas gänzlich Unbekanntes, das ihr trotzdem auf eigentümliche Weise vertraut war. Sie lag im Dunkel ihres Zimmers und dachte mit freudiger Erwartung daran, daß bald die Sommerferien beginnen würden. Und im nächsten Moment verschwanden ihre Gedanken mit einem Schlag, als hätte es sie nie gegeben. Amanda lauschte ihrem Atem. Sie horchte in die Stille der Nacht, sah ein sanftes Flimmern in der Dunkelheit und spürte, daß es noch etwas Höheres, Größeres in ihr gab als ihre besten Gefühle und Gedanken, etwas Freies, Strahlendes, Grenzenloses.

Seit jener Nacht war sie diesem Zauber mehrmals wieder begegnet: in der Liebe, in der Musik, in der Stille, in der Natur, in sich selbst. Doch die Magie war ihr immer wieder aus den Händen geglitten. Manchmal führte sie es auf ihr unstetes Wesen zurück, mit dem sie es nicht immer leicht hatte, denn ihr Leben pendelte zwischen Glück und Traurigkeit, zwischen Euphorie und Resignation, zwischen Routine und Abenteuer. Sie flog gern so hoch wie möglich – und stürzte manchmal entsprechend tief ab. Aber da war eine zuverlässige Kraft in ihr, die ihr bislang noch nach jedem Absturz wieder auf die Beine geholfen hatte, eine anscheinend unverwüstliche Vitalität, ohne die sie die manchmal extremen Schwankungen ihres Lebensgefühls nicht so gut bewältigt hätte.

Doch die kostbaren Momente des Zaubers, in denen ihr Leben aus seinem Alltagsschlaf erwachte, hatten sich in den letzten Jahren rar gemacht. Amanda hatte diesen Mangel durch berufliches Engagement kompensiert, sich dabei aber im Grunde nicht recht wohl gefühlt. Und nun hatte gerade ihr beruflicher Einsatz dazu geführt, daß sie mit dem Zauberbuch in ihren Händen einen Schlüssel zu der Tür ins Reich der Wunder gefunden hatte!

Wie sehr und wie lange hatte sie sich nach diesem Gefühl gesehnt, das von ihr Besitz ergriff, wenn die Schrift auf den leeren Seiten des Buches erschien – dem Gefühl gänzlicher Verzauberung.

Und jetzt stellte sie dem Zauberbuch die Frage, die sie schon so lange beschäftigt hatte – die Frage nach der Bedeutung ihres Lebens.

Es gab ihr die Antwort:

In den unermeßlichen
Weiten des Universums
ist jede Form von Bedeutung,
die ein Mensch sich zumißt,
sei er ein Staatsoberhaupt
oder ein Bettler,

eine Form von Größenwahn.
Alle Menschen sind Staubkörner
im endlosen Wind der Schöpfung.

Amanda nickte unwillkürlich. Ja, angesichts der endlosen Weiten des Alls war die Bedeutung der eigenen Person, die man oft so wichtig nahm, derart winzig, daß sie kaum erkennbar war. Das Bewußtsein der eigenen Nichtigkeit im grenzenlosen Spiel des Universums hatte etwas Heilsames. Es half, wenn die Traurigkeit düster über den Himmel des Lebens zog, bis sie die Sonne der Hoffnung verdeckte. Es schenkte Trost, wenn die Jahre zu schnell vergingen und die Sehnsucht nicht bekam, was sie brauchte. Es war eine gute Medizin gegen die Gewißheit des Todes und gegen die Ungewißheit, die er mit sich brachte.

„Was geschieht mit dem Menschen nach dem Tod?" fragte Amanda das Buch.

Die Worte erschienen:

Die Seele des Menschen
kehrt nach seinem körperlichen Tod
wieder auf die Welt zurück,
ohne sich an ihre
früheren Leben zu erinnern,
um ein neues Dasein

in einem neuen Körper zu beginnen.
Doch wer diesen Kreislauf erkennt
und ihm nicht länger angehören will,
kann sich endgültig aus ihm befreien.
Er kann leben, ohne geboren zu werden.
Er kann leben, ohne sterben zu müssen.
Er ist eine befreite Seele
in einem grenzenlosen Universum.
Diese Befreiung heißt Erleuchtung.

Als die magische Schrift verblichen war, mußte Amanda unwillkürlich an eine Szene aus einem Spielfilm denken, den sie ein paar Tage vor ihrer Reise nach Indien gesehen hatte. Eine alte Frau sagte in diesem Film zu einem jungen Mädchen: „Der Tod ist besser als die Geburt. Lerne das Leben zu hassen! Denn es ist voller Leiden und Vergeblichkeit."

Die Lebensphilosophie einer verbitterten alten Frau, hatte Amanda abwehrend gedacht. Doch ihre innere Ruhe war gestört, denn sie konnte nicht verdrängen, daß die Worte der Alten sie unangenehm berührt hatten, weil sie eine Wahrheit in sich trugen, der Amanda sich nicht entziehen konnte. Denn vieles im Leben brachte Leid, vieles erwies sich als vergeblich, und die absolute Gewißheit des Todes ließ alle Leiden, Prüfungen und Strafen des Lebens – und auch alles, was man aus ihnen lernte – vergeblich erscheinen. Doch die alte Frau hatte die Glücksmomente unterschlagen, die kleinen und großen Freuden, sie hatte die Liebe ignoriert, die Freundschaft, die Natur und die Musik, die Poesie, die Malerei, den Tanz.

Und sie hatte die strahlende Leere vergessen, die grenzenlos freie Gegenwärtigkeit. Vielleicht war sie eine Vorstufe der Erleuchtung, und es fehlte von dort nur noch ein letzter Schritt zur endgültigen Befreiung?

Amanda glaubte an die Wirklichkeit der Erleuchtung. Und sie glaubte, daß nicht nur Buddha sie erlangt hatte, sondern auch andere Menschen zu allen Zeiten in allen Teilen der Welt. Menschen, die keine großen Worte darüber verloren hatten. Menschen, von denen die Geschichte keine Notiz genommen hatte. Im Prinzip konnte jeder Mensch Erleuchtung erlangen, der sie wirklich suchte, wenn seine Sehnsucht nach ihr groß genug war – und seine Reife. Wenn seine Seele nicht nur frei sein wollte, sondern auch frei sein konnte.

Amanda kannte einige Leute, bei denen sie mit solchen Überzeugungen nur Befremdung ernten würde. Leute, die schon den Gedanken an eine höhere Existenzform als die des menschlichen Lebens als Spinnerei abtaten. Leute, denen sie nie ihren Glauben offenbaren würde, daß der Sinn des menschlichen Lebens letztlich darin bestand, es zu überwinden und in ein höheres Dasein aufzusteigen, damit die unsterbliche Seele für alle Zeiten befreit war von der Last immer neuer sterblicher Körper. Körper, die wieder und wieder leben, lieben, besitzen, genießen und jung bleiben wollten und doch so viel Schmerzen und Leiden, Verletzungen, Enttäuschungen und Krankheiten zu spüren bekamen – und schließlich das unaufhaltsame Altern, das Nachlassen der Lebenskräfte, das bedrohliche Nahen des Todes.

Und trotzdem war das Leben manchmal so schön, so kostbar, daß man seine Schattenseiten völlig vergaß. Amanda warf einen Blick auf das Zauberbuch und sah die Worte auftauchen:

Über den Wolken
der Gedanken gibt
es einen Himmel
wunderbarer Stille,
den nur die Seele kennt,
die keine Angst
vor dem Fliegen hat.

Meine Seele hat keine Angst vor dem Fliegen, dachte Amanda. Es gibt nichts Schöneres. Am höchsten geflogen bin ich, wenn ich liebte. Kann man überhaupt fliegen, ohne zu lieben?

Das Zauberbuch gab ihr die Antwort:

Was ist Freiheit ohne Liebe?
Was ist Schönheit ohne Liebe?
Was ist Zauber ohne Liebe?

Sinnlose Freiheit,
hohle Schönheit,
falscher Zauber.
Liebe ist die Kraft,
die allem Sinn
und wahres Leben gibt.
Liebe ist der
Weg zur Erleuchtung.

Nur schade, dachte Amanda, daß die Liebe so schwer zu finden ist – und so leicht verloren geht. Sonst gäbe es mehr Menschen, die voller Liebe sind. Amanda las:

Im Meer der Liebe
kann nur schwimmen,
wer bereit ist,
seine Ängste abzulegen –
vor allem die Angst
vor dem Ertrinken.

Also sind es die Ängste, die uns am Lieben und letztlich an der Erleuchtung hindern, erkannte Amanda. Die Ängste vor Zurückweisung, Enttäuschung, vor Verletzungen und Traurigkeit. Die Angst vor dem Leiden.

Es erschien die Schrift:

Die Sehnsucht danach,
Liebe zu erleben,
muß stärker sein
als die Angst,
Liebe zu erleiden.

Sehnsucht gegen Angst, dachte Amanda. Der ewige Kampf, den die Angst bei den meisten Menschen gewinnt. Und wie ist es bei mir? Habe ich nicht auch Angst vor der Liebe, bin ich nicht auch ein gebranntes Kind? Doch wer ist kein gebranntes Kind in der Liebe? Wer hat noch nicht gelitten, wer ist noch nicht verletzt und betrogen worden? Wer kennt die Bitterkeit der Enttäuschung nicht, die Traurigkeit des Scheiterns? Wer ist nicht gewarnt von seinen Erfahrungen?

Amanda blickte auf das Buch und las:

Erfahrungen können nützlich,
aber auch schädlich sein.
Du mußt aus ihnen lernen,
sie aber auch vergessen können,
um den Zauber der Gegenwart zu spüren.
Deine Vergangenheit ist tot,
sie kann dich nicht
ins Innerste des Lebens führen.

Als die Schrift sich wieder aufgelöst hatte, schloß Amanda das Buch. Sie mußte es jetzt ihrem Vater zeigen! Sie konnte dieses Geheimnis nicht mehr für sich behalten. Die Fragen, die ihr noch auf der Seele lagen, würde sie später stellen.

Impulsiv stand sie auf und steckte das Zauberbuch behutsam in ihre Handtasche. Sie überlegte, ob sie ihrem Vater ihr Kommen telefonisch ankündigen sollte, entschloß sich aber dann, ihn zu überraschen.

Amanda sah ihrem Vater seine Freude an, als er ihr die Haustür öffnete. Sie umarmten sich, und er strich ihr zärtlich über das Haar, wie er es schon getan hatte, als sie noch ein kleines Mädchen war.

„Amanda! Ich dachte, du bist noch in Indien."

„Schon wieder zurück."

„Warum so früh? Du wolltest doch einen Monat bleiben."

Amanda zog das Zauberbuch aus ihrer Handtasche. „Darum."

Ihr Vater runzelte die Stirn. „Ich verstehe nicht. Komm, setzen wir uns. Willst du etwas trinken?"

„Später, Roland. Dieses Buch ist weit mehr als das, wonach es aussieht. Ich habe es bei den Ausgrabungen gefunden und aus Indien mitgebracht."

„He, du willst mir einen Bären aufbinden, Amanda! Dieses blitzsaubere Buch soll lange in der Erde gelegen haben? Es sieht aus wie eben gekauft."

„Ich glaube, es lag sehr lange dort. Und es ist unbezahlbar", sagte Amanda.

„Willst du nicht endlich hereinkommen?" fragte ihr Vater, nahm Amanda bei der Hand und zog sie ins Haus.

Sie gingen ins Wohnzimmer und setzten sich. Amanda reichte ihrem Vater das Zauberbuch. „Überzeuge dich selbst."

Er nahm es in die Hände und blätterte darin. „Ein einfaches weißes Notizbuch oder Tagebuch, blanko, in Pappe gebunden", konstatierte er, „unbedruckt, unbeschrieben. Absolut kein Grund für eine Archäologin, einen so interessanten Ausgrabungsort vorzeitig zu verlassen."

„Grund genug, Roland. Stelle dem Buch eine Frage! Sieh dabei auf die Seiten, die du gerade aufgeschlagen hast!"

„Wie bitte?"

„Stelle ihm eine Frage! Tu es einfach, auch wenn es noch so verrückt klingt."

„Gut. Wenn du es so willst."

Amanda nickte ihrem Vater ermutigend zu.

Er blickte auf das aufgeschlagene Buch in seinen Händen und fragte: „Ist meine Tochter verrückt geworden?"

Amanda lachte und setzte sich auf die Couch neben ihren Vater, um die Antwort des Zauberbuches mitlesen zu können – aber es erschien keine.

„Das Buch gibt mir keine Antwort, Amanda – was mich nicht sonderlich überrascht."

„Du hast dem Buch nur die falsche Frage gestellt, Roland. Du weißt genau, daß ich nicht verrückt geworden bin, und das Buch weiß genau, daß du es weißt. Also hält es eine Antwort nicht für nötig."

Roland sah seine Tochter befremdet an. „Woher weiß das Buch, daß ich es weiß?"

„Weil es deine Gedanken lesen kann, sobald du es öffnest. Stelle dem Buch eine Frage, die dir wirklich wichtig ist, und sieh auf die Seiten."

Auch wenn Amandas Vater den Sinn des Spiels nicht verstand, wollte er kein Spielverderber sein. Also fragte er nach kurzem Nachdenken das Buch: „Nenne mir eine der wichtigsten Fähigkeiten, die es im Leben zu erlangen gilt."

Im nächsten Augenblick zuckte Roland erschreckt zusammen, denn er sah, wie auf einer Seite des indischen Buches eine Handschrift aus dem Nichts erschien:

> Zu den wichtigsten Fähigkeiten,
> die es im Leben zu erwerben gilt,
> zählt die Gelassenheit.
> Sie entsteht aus dem Bewußtsein
> der Vergänglichkeit des Lebens.
> Hat sich die Gelassenheit einmal
> in einem Menschen verwurzelt,
> ist sie ihm eine große Hilfe
> auf seinem Weg zum Licht.

„He! Da ist plötzlich eine Schrift aufgetaucht, Amanda! Siehst du sie auch?"

Amanda beugte sich über das Buch, sah aber nur zwei leere Seiten.

„Und jetzt verblaßt die Schrift, Amanda! Unglaublich! Es war eine Antwort auf meine Frage – und gar keine so üble. Was ist das für ein – Buch?“

„Es ist ein Zauberbuch, Vater. Ein Wunderding in der realen Welt. Es hat eine Ewigkeit völlig unbeschadet in der Erde gelegen. Es spottet den Naturgesetzen. Es kann die Gedanken des Menschen lesen, der es aufschlägt, und auf seine Fragen antworten. Wer weiß, was es noch kann.“

Roland sah seiner Tochter in die Augen. Sie strahlten, wie er sie lange nicht mehr hatte strahlen sehen.

Er blickte auf das Buch und fragte es: „Wie ist ein Mensch, in dem sich Gelassenheit verwurzelt hat?“

Es erschien die Schrift:

Er schweigt, wo andere klagen.
Er versteht, wo andere fragen.
Geboren, um zu sterben,
hat er erkannt,
daß jeder neue Tag
ihm etwas Wertvolles geben kann,
das er nur mit dem klaren Blick
der Gelassenheit entdeckt.

„Was sagt dir das Buch, Roland?"

Er las ihr vor, was auf der Seite geschrieben stand. „Ich kann das alles nicht fassen! Ich habe ja schon vieles gesehen, aber dieses Buch – jetzt verschwindet die Schrift wieder, wie eben! Warum siehst du sie nicht?"

„Nur der kann sie lesen, für den sie bestimmt ist, Roland. Und sie verblaßt immer wieder, weil sie nur für den Augenblick geschrieben ist, in dem du sie liest. Du verstehst ihre Bedeutung entweder in diesem Augenblick – oder nie."

Roland legte das Buch auf den Tisch, stand auf und ging unruhig im Zimmer umher.

„Vielleicht spricht das Buch zu mir von Gelassenheit, weil ich sie jetzt dringend brauche", sagte er nach einer Weile. „Amanda – ein solches Buch kann es gar nicht geben! Mein Verstand weigert sich anzuerkennen, was meine Augen gesehen haben."

„Mir ging es nicht anders, Roland, als ich das Buch entdeckte. Es ist ein Wunder. Du weißt doch, daß ich an Wunder geglaubt habe, als ich noch ein kleines Mädchen war."

Roland setzte sich wieder zu Amanda. „Ja, du hast an Wunder geglaubt. Und nun hast du ein Wunder entdeckt! Du bist also davon überzeugt, daß dieses Buch die Gedanken eines Menschen lesen kann?"

Amanda nickte. „Meine liest es – und antwortet darauf."

„Unglaublich! Ich muß wissen, ob es auch meine lesen

kann“, entschied Roland und schlug das Buch auf. Dann stellte er ihm in Gedanken die Frage, die ihm als erste in den Sinn kam und blickte gespannt auf das Papier.

Doch diesmal erschien keine Schrift, sondern ein Bild, das beide Seiten ausfüllte. Es zeigte das Gesicht seiner vor fünf Jahren gestorbenen Frau Esther, wie sie vor vierzig Jahren ausgesehen hatte, als er sich auf den ersten Blick in sie verliebte. Sie lächelte ihn jetzt genauso an wie damals. Es war alles ganz genau wie vor vierzig Jahren, Esthers Mienenspiel, ihre Frisur, ihr bezauberndes Lächeln. Nach einer Weile verblaßte das Bild.

Roland atmete tief durch, schloß das Buch und legte es behutsam auf den Tisch. Dann sah er seiner Tochter in die Augen und sagte mit leiser Stimme: „Ich habe gerade das Gesicht deiner Mutter gesehen. So wie es war, als ich ihr zum ersten Mal begegnete – vor vierzig Jahren. Sie war dreiundzwanzig damals, studierte Biologie, saß auf einer Parkbank und las in einem Buch. Die Sonne schien. Als ich vorbeiging, trafen sich unsere Blicke, und ich blieb stehen. Ihr Lächeln verzauberte mich. Dieses Lächeln habe ich eben wieder gesehen. Ich habe das Buch nach dem wichtigsten Moment meines Lebens gefragt. Es hat ihn mir gezeigt.“

„Du hast ein Bild von Esther gesehen?“

„Nein, kein Bild – es war eher wie eine Filmszene. Esthers Gesicht lebte, sie lächelte und legte ihren Kopf ein wenig zur

Seite – alles war ganz genau wie damals. Auch meine Gefühle. Es war, als hätte ich diesen Augenblick noch einmal erlebt. Ich kann es nicht glauben."

„Das Buch kann also auch Bilder sprechen lassen", stellte Amanda fasziniert fest. „Vielleicht hat es die Bilder von Esther aus deinem Gedächtnis genommen und vor deinen Augen zu neuem Leben erweckt."

„Ich sehe, was dieses Buch kann. Und ich frage mich: Was kann es eigentlich nicht?"

„Es kann sich nicht von der Stelle bewegen. Wenn niemand es von diesem Tisch nimmt, wird es immer dort liegen bleiben."

„Bist du dir sicher?" murmelte Roland.

„Das Buch hat es mir verraten. Es hat mir schon so manches Wichtige gesagt, darunter etwas, das mir noch wichtiger erscheint als alles andere. Ich hätte es erweckt, sagte es zu mir, und es werde mich erwecken."

„Das klingt wie ein Versprechen. Wann hat das Buch dir das gesagt?"

„Kurz nachdem ich es in der Erde gefunden hatte."

„Frage es doch einfach, was es damit gemeint hat", schlug Roland vor und gab seiner Tochter das aufgeschlagene Buch in die Hand. „Dann hast du Klarheit!"

„Wie soll ich verstehen, daß du mich erwecken wirst?" fragte Amanda das Zauberbuch nach kurzem Zögern.

Es gab ihr die Antwort:

Fast alle Menschen glauben,
sie schlafen nur nachts
und wachen am Tag,
aber sie täuschen sich –
sie schlafen unentwegt.
Du träumst vom Erwachen.
Dein Traum wird sich erfüllen.

„Was schreibt es, Amanda?"

„Daß ich vom Erwachen träume und mein Traum sich erfüllen wird."

„Eine poetische Auskunft", murmelte Roland. „Was weißt du noch über dieses Buch? Wie ist es entstanden?"

„Vor sehr langer Zeit lebte in Indien ein Mann, der den Zustand erreichte, den die Buddhisten Erleuchtung nennen. Er hat im Augenblick seiner Erleuchtung zufällig oder absichtlich dieses Buch in der Hand gehalten, und der Zauber seiner Befreiung hat sich auf das Buch übertragen."

„Weiß jemand außer uns beiden von der Existenz dieses Wunders?"

Amanda verneinte.

„Gut. So sollte es auch bleiben."

„Aber das Buch ist für alle da, Roland, nicht nur für

uns beide. Wir dürfen es nicht als unseren Besitz betrachten. Es sagte zu mir, es spreche aus der Seele des Lebens zu der Seele der Menschen. Wir müssen diesen Schatz mit anderen teilen."

Amandas Vater runzelte die Stirn und fuhr sich mit der Hand durch die grauen Haare. „Wir dürfen nichts überstürzen, Amanda. Dieses Buch ist ein Segen, aber es kann zu einem Fluch werden, wenn es in die falschen Hände gerät."

Amanda nickte. „Damals in Indien ist ein Kampf um seinen Besitz entbrannt, durch den es in Vergessenheit geriet – ein vielleicht blutiger Kampf."

„Dieser Kampf würde heute genauso blutig werden wie damals. Es gibt Menschen, die auf der Jagd nach diesem Buch über Leichen gehen würden. Wir müssen uns unserer großen Verantwortung bewußt sein, Amanda. Dieses Geheimnis sollte vorläufig unter uns bleiben."

Amanda schwieg nachdenklich.

„Wie ist dein Schweigen zu verstehen, Amanda? Wem wollen wir dieses Wunderding zeigen? Unseren besten Freunden? Die Versuchung, in den Besitz dieses Buches zu kommen, kann einen Freund zu einem Dieb machen. Was glaubst du, wieviel ein reicher Mann für ein Buch bezahlen würde, das im Grunde unbezahlbar ist?"

Amanda senkte den Blick.

„Und wie viele Menschen würden wohl ihr Leben lassen

müssen, bis der Kampf um den Besitz des Buches ausgestanden ist? Soll das Buch Gier, Gewalt, Verrat und Blutvergießen erzeugen, um schließlich für Jahrzehnte im Tresor eines skrupellosen, seelenlosen Reichen zu verschwinden, der seinen wahren Wert gar nicht erkennt?"

Amanda sah auf und nickte ihrem Vater zu.

„Ja, du hast recht – leider! Wir müssen diesen Schatz verbergen, damit er nicht zum Jagdobjekt der Reichen und Mächtigen wird."

„Wir brauchen ihn nicht einmal zu verbergen, Amanda. Er verbirgt sich ja selbst gut genug. Man sieht ihm seine Unbezahlbarkeit nicht an. Ein paar Mark fünfzig, danach sieht er aus. Es reicht, dafür zu sorgen, daß niemand außer uns beiden das Buch öffnet. Oder kennst du jemanden, mit dem du unbedenklich unser Geheimnis teilen würdest?"

Amanda lehnte sich zurück und suchte nach einer Antwort auf die Frage ihres Vaters.

Zuerst dachte sie an Erik, ihren ehemaligen Lebensgefährten, mit dem sie drei Jahre lang zusammengelebt hatte. Nach der Trennung vor einem Jahr waren sie Freunde geblieben, die sich dann und wann trafen und miteinander teilten, was ihnen geblieben war. Dabei fühlte Amanda sich oft, als begegneten sie sich in einer Ruine, die einmal ein schönes Haus gewesen war.

Da war ihre langjährige Freundin Sophie, die ein großes

Herz hatte, Sanftmut und Lebensfreude ausstrahlte und wunderbar Geige spielen konnte. Sophie hatte viele Vorzüge und Stärken, aber Verschwiegenheit zählte nicht unbedingt dazu.

Da war auch Claudia, mit der sie so gut reden und schweigen konnte. Zwischen ihnen entstand oft eine tiefe Harmonie, die aber genauso unverhofft verschwinden konnte, wie sie gekommen war. Amanda hatte Claudia schon manches Geheimnis anvertraut. Doch bei der Vorstellung, das Buch in ihre Hände zu legen, befiel sie ein seltsames Unbehagen.

Und es gab David, mit dem sie sich vor drei Monaten auf eine ebenso intensive wie unberechenbare Beziehung eingelassen hatte. David faszinierte sie, aber manchmal hatte sie das sichere Gefühl, daß er etwas Wichtiges vor ihr verbarg. Sie hatte schon mehrmals erwogen, den Kontakt zu ihm abzubrechen.

„Nein, Roland", sagte Amanda, „ich kenne leider niemanden außer dir, dem ich das Buch ganz ohne Bedenken zeigen könnte."

Roland legte seine Hand auf das Buch, als wollte er es damit beschützen. „Dann bleibt es bis auf weiteres unser Geheimnis?"

„Ja", bekräftigte Amanda.

„Gut. Darf ich dem Buch noch ein paar Fragen stellen?"

Amanda reichte ihrem Vater das Zauberbuch. Sie beschloß, ihn eine Weile mit dem Buch allein zu lassen, und so ging sie in den Garten und setzte sich auf die Holzbank neben dem kleinen Teich.

Amanda empfand Erleichterung. Es war gut, daß ihr Vater von dem Buch wußte und sie dieses Geheimnis nicht mehr allein zu hüten brauchte.

Amandas Vater war ein Mann, der sich für glücklich gehalten hatte, bis seine Frau bei einen Autounfall starb. Seit vier Jahren trauerte er um sie und glaubte inzwischen der Redensart nicht mehr, daß die Zeit alle Wunden heile.

Ihm war bewußt, daß seine Liebe zu Amanda, die vieles von ihrer Mutter in sich trug, ihn vor allzu schlimmer Bedrückung schützte. In Amanda liebte er seine Frau weiter. Wenn Amanda lächelte, sah er Esther lächeln. Und Esther wurde für einen Moment wieder lebendig.

Er hatte an der Universität Geschichte gelehrt und war vor drei Jahren in den Ruhestand getreten. Sein erfahrungsreiches Leben hatte ihn in Berührung mit den unterschiedlichsten Menschen gebracht, und da er ein einfühlsamer Zuhörer war, hatten viele ihm ihre Lebensgeschichte erzählt.

So war er mit der Zeit zu der Überzeugung gekommen, daß fast alle Menschen nicht glücklich waren. Manche waren sogar ausgesprochen unglücklich. Kränkungen und Krankheiten, Enttäuschungen und Ängste, unerfüllte Sehnsüchte, Mißerfolge, Entbehrungen und Schmerzen plagten sie von der Geburt bis zum Tod. Und die kleinen Freuden und seltenen

Glücksmomente konnten sie immer nur kurz vergessen lassen, daß ihr Leben ganz anders verlief, als sie es sich in jungen Jahren erträumt hatten. Arbeiten mußten fast alle bis ins Alter, um ihr Überleben zu sichern. Viele machte ihre Arbeit unglücklich. Andere bedrückte es, daß sie keine Arbeit fanden. Es gab sehr viele Möglichkeiten für einen Menschen, unglücklich zu sein. Und nur ganz wenige, glücklich zu sein.

Warum war das Leben so geartet, daß es kaum einem Menschen gelang, es aus ganzer Seele zu lieben?

Amandas Vater blickte auf das Zauberbuch und las:

Warum sind die Menschen so geartet,
daß es ihnen nicht gelingt,
das Leben aus ganzer Seele zu lieben?
Weil die Bindung ihrer unsterblichen Seele
an den zerbrechlichen, vergänglichen Körper
eine ständige Quelle des Leidens ist.

Aber warum bindet sich die Seele an den Körper, fragte sich Roland, wenn sie dadurch nur leidet? Er las die Worte:

Die Seele bindet sich
an den Körper aus Gewohnheit,
aus Angst vor dem Unbekannten,
Angst vor ihrem wahren Wesen.

Doch diese Angst bringt ihr
immer wieder neues Leid,
und das Leid zwingt sie zu lernen,
daß sie ohne einen Körper leben kann.

„Ist der Tod die endgültige Trennung zwischen Seele und Körper?“ murmelte Roland.

Nur der Tod,
dem das Erwachen
der Seele vorausgeht.
Jeder andere Tod führt
zu einer neuen Geburt.

Aber warum muß die Seele lernen, daß sie ohne den Körper existieren kann, fragte sich Roland. Warum weiß sie es nicht von Anfang an?

Am Anfang ist die Seele
unwissend wie ein kleines Kind,
und der Körper verführt sie
zu immer neuen Bindungen
und fesselt sie geschickt an sich.
Sie muß sich ihre Freiheit verdienen,
sie wird ihr nicht geschenkt.

Obwohl Roland nicht unbedingt ein religiöser Mensch war, gefiel ihm die Vorstellung einer von allem irdischen Kummer und Leid befreiten Seele. Wie mochte das Leben einer befreiten Seele aussehen?

Er blickte auf das Buch und las:

Es ist ein Leben ohne Krieg,
ohne Haß, ohne Angst, ohne Not.
Es gibt kein Unglück,
keine Lüge, keinen Betrug,
keine Gewalt, kein Leid,
keine Geburt, keinen Tod.

„Wo liegt die Sphäre der befreiten Seele?" fragte Roland.

Sie liegt über den Gegensätzen,
jenseits der Widersprüche.
Die Einzelseele versteht ihren Sinn
im großen Spiel der Allseele.
Phantasie schafft dort Wirklichkeit,
und nichts Böses kann geschehen,
weil nur Seelen erweckt werden,
die nichts Dunkles mehr in sich bergen.
Deshalb heißt das Erwachen auch Erleuchtung.

Dann werde ich den Rest meines Lebens damit verbringen, nahm Roland sich fest vor, Licht in die dunklen Stellen meiner Seele zu bringen. Es wird nicht leicht sein, aber ich werde es versuchen. Zum ersten Mal seit dem Tod seiner Frau spürte er die Last nicht mehr, die seit Jahren auf seiner Seele lag.

Als Amanda nach einer Weile ins Wohnzimmer zurückkam, sah ihr Vater sie mit strahlenden Augen an. „Amanda, du gute Fee“, sagte er mit sanfter Stimme, „du hast ein Wunder entdeckt, das Wunder wirkt! Dieses Buch hat mir den Weg ans Licht gezeigt. Zum ersten Mal seit dem Tod deiner Mutter spüre ich wieder Zuversicht. Komm, laß dich umarmen!“

Dann war es Zeit für Amanda zu gehen. Sie verließ mit dem Zauberbuch in der Handtasche das Haus ihres Vaters und stieg in die Straßenbahn. Die Dämmerung setzte ein, die ersten Straßenlaternen leuchteten auf.

Eigentlich hatte sie direkt nach Hause fahren wollen, aber als die Bahn in der Innenstadt anhielt, stieg sie spontan aus, um noch ein bißchen durch die Straßen zu bummeln.

Vor dem großen Schaufenster einer Buchhandlung, das eine Reihe interessanter Neuerscheinungen präsentierte, blieb sie stehen. Unwillkürlich berührte ihre Hand die Lederhandtasche, um das Zauberbuch zu fühlen.

Was waren alle diese Bücher in dem Schaufenster gegen dieses eine in ihrer Tasche? Sicher, es gab wunderbare Bücher. Aber sie hatte ein Wunderbuch gefunden.

Die aparte Frau mit den lockigen, braunen Haaren fiel Florian sofort auf, als sie mit beschwingten Schritten aus der Straßenbahn stieg.

Sie ging an ihm vorbei, ohne ihn wahrzunehmen. Florian warf einen prüfenden Blick auf ihr Gesicht, ihre Kleidung und ihre Handtasche – und folgte ihr impulsiv.

Nach etwa hundert Metern blieb die Frau vor dem Schaufenster einer Buchhandlung stehen und blickte hinein. Offensichtlich trug sie etwas Wertvolles in ihrer schwarzen Lederhandtasche, denn sie legte einmal fast zärtlich die Hand darauf, als wolle sie sich vergewissern, daß die Tasche noch da war.

Florian entschied, daß sie gleich nicht mehr da sein würde.

Er näherte sich der Frau auf leisen Sohlen und blieb zwei Schritte hinter ihr stehen. Sie war so sehr in die Betrachtung des Schaufensters vertieft, daß sie seine Nähe nicht bemerkte. Er hielt rechts und links Ausschau nach einem potentiellen Verfolger. Die Situation war günstig.

Florian schob sich den Kragen seines Rollkragenpullovers bis unter die Augen hoch, zog seine Schere hervor und durchschnitt mit einer schnellen Bewegung den Tragriemen der Handtasche. Bevor die Frau wußte, wie ihr geschah, hatte er ihr die Tasche zwischen Arm und Hüfte weggezogen und zu seinem Spurt angesetzt.

Florian war schon in der Schule beim Sportunterricht immer der Schnellste gewesen. Und er hielt sich durch regelmäßiges Training in Form. Die von ihm bestohlenen Frauen, die versucht hatten, ihn zu verfolgen, waren von Anfang an ohne Chance gewesen. Auch die Männer, die ihnen zu Hilfe gekommen waren. In der Regel kam ihnen allerdings niemand zu Hilfe. Wer nahm schon einer Fremden zuliebe die Verfolgung eines Taschendiebes auf, der wie ein Wirbelsturm durch die Straßen fegte?

Florian war schon auf der anderen Straßenseite, als die Frau reagierte. Sie schrie. Ihr Schrei tat Florian weh, denn sie schrie wie eine Mutter, der man ihr Kind gestohlen hatte. Der Schrei machte Florian aber auch neugierig auf den Inhalt der Tasche, noch neugieriger, als er ohnehin schon war.

Auch diese Frau hatte sein Gesicht nicht gesehen – wie alle ihre Vorgängerinnen. Nur einen schlanken Mann, der davonlief – sehr schnell davonlief.

Florian stopfte sich die Handtasche unter die Jacke und rannte in die nächste Seitenstraße. Dann links um die Ecke. Und wieder nach rechts.

Er beendete abrupt seinen rasanten Sprint, befreite sein

Gesicht von dem Rollkragen und ging wie ein braver Bürger weiter. Er sah sich um. Niemand hatte ihn verfolgt.

Er widerstand der Versuchung, die Handtasche schon jetzt zu öffnen. Die Sichtung der Beute war immer noch mit dem Gefühl vergleichbar, das er als kleiner Junge gehabt hatte, wenn er ein Geburtstagsgeschenk öffnete. Und die Vorfreude war nun mal die schönste Freude.

Als Florian nach Hause kam, legte er die Tasche auf den Tisch und setzte sich. Wieviel Geld mochte darin sein? Die Zärtlichkeit, mit der die Frau ihre Handtasche berührt hatte, ließ auf eine größere Summe schließen.

Er nahm die elegante, schwarze Tasche in die Hand und strich über ihr weiches Leder. Dann öffnete er sie kurz entschlossen und leerte ihren Inhalt auf der Tischplatte aus.

Sein erster Blick fiel auf das Portemonnaie. Er öffnete es und zog die Geldscheine heraus. Ein Hunderter. Ein Fünfziger. Drei Zwanziger. Zwei Zehner. Das machte nur zweihundertdreißig Mark. Florian war enttäuscht. Er hatte mehr erwartet und fragte sich, warum diese offensichtlich gutsituierte Frau wegen einer so kleinen Summe so herzzerreißend geschrien hatte.

Sein zweiter Blick galt der Brieftasche. Er klappte sie auf und prüfte ihren Inhalt. Die Scheck- und Kreditkarten rührte er nicht an, von Plastikgeld ließ er grundsätzlich die Finger. Den Personalausweis zog er heraus.

„Amanda heißt du“, murmelte er, „geboren am zehnten Februar! Nanu, du bist ja am selben Tag geboren wie ich!“

Er drehte den Ausweis um. „He – du wohnst ja ganz in meiner Nähe! Vielleicht sehe ich dich mal im Supermarkt an der Ecke. Blaue Augen hast du. Und ein apartes Gesicht. Tut mir leid, daß ich dich so erschreckt habe, aber es war nicht persönlich gemeint, weißt du. Es ist mein Beruf.“

Florian steckte den Ausweis zurück und durchsuchte die Brieftasche, fand aber nur weitere Plastikkarten und zwei Visitenkarten mit der Anschrift und Telefonnummer seines Opfers.

Dann war da noch ein Schlüsseletui, das ihn nicht interessierte, denn er war kein Einbrecher. Er fühlte sich nicht sicher in Häusern. Sein Revier war die offene Straße, nur dort konnte er seine Schnelligkeit und Wendigkeit unbehindert einsetzen.

Es war erstaunlich, was Florian schon so alles in Damenhandtaschen gefunden hatte. In dieser fand er außer Portemonnaie, Brieftasche und Schlüsselbund nur noch ein weißes, unbedrucktes Buch, das ziemlich schlicht aussah. Wahrscheinlich diente es Amanda als Tagebuch.

In der Erwartung, sich interessante Einblicke in ihr Seelenleben verschaffen zu können, öffnete Florian das Buch und blätterte darin, um enttäuscht festzustellen, daß alle Seiten leer waren.

Florian setzte sich auf die Couch und blätterte noch einmal gründlicher in dem Buch, um zu prüfen, ob vielleicht ein Geldschein irgendwo zwischen den Seiten lag – ohne Erfolg.

Mißmutig verzog er den Mund und fragte sich erneut, warum diese Frau so schrecklich geschrien hatte, als ihr der Verlust ihrer Tasche bewußt wurde. Diese zweihundertdreißig Mark waren für eine wie sie doch nur Kleingeld.

Plötzlich zuckte er vor Schreck zusammen und riß ungläubig die Augen auf – denn auf einer Seite des aufgeschlagenen Buches in seinen Händen erschienen die Worte:

Die Frau hat so schrecklich geschrien,
weil die Erkenntnis schmerzhaft ist,
daß gar nichts sicher ist im Leben.
Doch sie brauchte diese Einsicht
auf dem Weg zu ihrer Erweckung.
Du hast ihr dazu verholfen –
also wird dir
zu der Einsicht verholfen,
die du brauchst.

Die Hände des Diebes begannen zu zittern. Er schüttelte unwillkürlich den Kopf, während er die Worte ein zweites Mal las. Dann verblaßten sie auf eben so unerklärliche Art, wie sie entstanden waren – und die Seite war so weiß wie vorher.

Florian schloß das unheimliche Buch und legte es fassungslos auf den Tisch zurück. Er stand auf, ging in die Küche und mischte sich einen Wodka-Lemon mit Eis, wobei er bemerkte, daß seine Hände immer noch zitterten. Er leerte das Glas in einem Zug, goß sich ein zweites ein, zündete sich eine Zigarette an und setzte sich an den Küchentisch.

Während er die Zigarette rauchte, beruhigte er sich. Er hatte eine Halluzination gehabt. So etwas sollte vorkommen. Er hatte eine Handschrift auf einer leeren Buchseite auftauchen und wieder verschwinden sehen. Eine Schrift, die seine Gedanken gelesen und sie beantwortet hatte. Also ein Ding der Unmöglichkeit. Seine Augen hatten ihm einen unglaublichen Streich gespielt.

Florian goß sich ein drittes Glas Wodka ein und spürte, wie sein Zustand sich wieder normalisierte. Er hatte eine völlig verrückte Sinnestäuschung gehabt. Viele Menschen hatten so etwas schon erlebt. Halluzinationen, Tagträume, Visionen. Nun war er einer von ihnen. Damit konnte er leben, sofern es bei diesem einen Mal blieb.

Nach dem dritten Wodka und der zweiten Zigarette wurde Florian klar, daß weder Alkohol noch Nikotin ihm helfen konnten zu verdrängen, was er eben erlebt hatte. Er mußte die Probe aufs Exempel machen.

Also stand er auf und ging ins Wohnzimmer zurück. Da lag das dünne, weiße Buch auf dem Tisch. Florian wurde unbehaglich zumute, und er erwog, ob es nicht doch besser wäre, sich jetzt einfach ins Bett zu legen. Doch er spürte, daß seine Frage ihn nicht schlafen lassen würde. Die Frage, ob es vielleicht doch keine Halluzination war.

Also schob er sein Unbehagen beiseite, ging zu dem Tisch und nahm das Buch in die Hände.

Er schlug es auf und betrachtete die leeren Seiten. Wenn jetzt wieder diese Schrift auftauchte, war es keine Halluzination gewesen. Florian wünschte sich, daß sie nicht auftauchte.

Doch sie kam wieder, wie von unsichtbarer Hand. Und er las:

Wer vor der Wahrheit flieht,
der flieht vor sich selbst.
Bleibe stehen und warte auf dich!
Dieses Buch wird dir
dabei Gesellschaft leisten.

Florians Knie wurden weich. Er ließ sich mit dem Buch in der Hand auf die Couch sinken. Die Schrift erlosch.

Er starrte auf die leere Seite. Jetzt weiß ich, dachte er, warum die Frau so geschrien hat. Wegen diesem unglaublichen Buch. Wo hatte sie es her? Wie war es entstanden?

Florian las:

Vor vielen Jahrhunderten
lag es in den Händen
einer erwachenden Seele
und wurde vom Licht
ihrer Erleuchtung verzaubert
und für immer geschützt
gegen die Kräfte der Natur,
um zeitlos in der Welt zu wirken.
Nun liegt es in den Händen
eines Taschendiebes.

Ich weiß nicht, ob ich verstehe, dachte Florian, aber ich bin beeindruckt. Ich habe schon manches Buch gelesen, aber du bist ein ganz besonderes. Ich soll also stehenbleiben und auf mich warten. Und warum sollte ich das tun?

Damit du dir
die Wahrheit sagen kannst,
die du nicht hören willst,
aber hören mußt,
um dich vor größerem Schaden
zu bewahren.

Also gut, dachte Florian, ich spiele mit. Ich werde stehenbleiben und auf mich warten und hören, was ich mir zu sagen

habe. Und du wirst mir dabei Gesellschaft leisten. Das finde ich sehr nett von dir. Schließlich bin ich nur ein Taschendieb. In den Augen der Gesellschaft bin ich ein Verbrecher, ein schädliches Element. Und du willst mich vor Schaden bewahren! Wer bist du überhaupt?

> Aus diesem Buch spricht
> der Geist der Erleuchtung,
> um Licht in das Dunkel
> der Illusionen zu bringen.

Ich lebe also im Dunkel der Illusionen?

> Du träumst,
> daß du lebst,
> und erwachst erst im Tod.
> Doch es gibt ein Erwachen
> vor dem Tod.

„Auch für einen Dieb?" murmelte Florian.

> Was ein Dieb anderen stahl,
> muß ihm erst wieder
> von anderen gestohlen werden,
> ehe er höhere Einsicht erlangen kann.

Alles, was du anderen antust,
muß dir von anderen angetan werden,
damit du es auch ganz verstehst.
Denn erst wenn du es ganz verstehst,
kannst du für immer davon ablassen.

Florian stöhnte. Das waren keine guten Aussichten. Am liebsten wäre er aufgestanden, um noch ein Glas Wodka zu trinken, aber das würde auch nicht helfen. Er hatte ein verzaubertes Buch gestohlen, das ihm ins Gewissen redete. Er fühlte sich zwischen Faszination und Unbehagen hin und her gerissen.

Dem Dieb wurde also alles wieder genommen, was er anderen gestohlen hatte? Und wer sorgte für diese höhere Gerechtigkeit? Wer führte Buch über den entstandenen Schaden und glich ihn gerecht aus? Florian hatte wohlhabende Frauen um ein bißchen Geld erleichtert. War das so schlimm?

Er blickte auf das Buch und las:

Du mußt den anderen
in dir selbst erkennen und achten.
Schade dem anderen nicht,
um dir nicht selbst zu schaden.
Bestiehl den anderen nicht,
um dich nicht selbst zu bestehlen.

Denn was du nimmst, wird dir genommen.
Und was du gibst, wird dir gegeben.

„Das darf nicht wahr sein“, flüsterte Florian.

Er hatte ein Buch gestohlen, mit dem man sich unterhalten konnte, ohne ein Wort zu sagen. So etwas gab es auf der ganzen Welt nur einmal! Es ließ sich sicherlich zu einem schwindelerregenden Preis verkaufen, und Florian hätte bis an sein seliges Ende ausgesorgt.

In dieser durch und durch materialistischen Welt hatte alles seinen Preis – selbst ein Wunder. Doch wer ein wahres Wunder zu verkaufen versuchte, konnte schnell sein blaues Wunder erleben, wenn er nicht mit allergrößter Umsicht vorging.

Florians Unbehagen wuchs. Die Sache war ein paar Nummern zu groß für ihn. Er war nur ein kleiner Dieb mit schnellen Beinen, der sich auf Damenhandtaschen spezialisiert hatte. Ihm fehlten alle nötigen Voraussetzungen für ein Geschäft dieser Größenordnung.

Florian stöhnte und fuhr sich durch die Haare. Da hatte er das unglaubliche Glück, ein Wunderbuch gestohlen zu haben, das ein Vermögen wert war, doch er hatte nicht im entferntesten die Möglichkeiten, das Buch zu Geld zu machen, ohne Kopf und Kragen dabei zu riskieren. Das Leben war ungerecht. Und die Welt war schlecht.

„Sag mir, du weises Buch", flüsterte er, „warum ist die Welt so schlecht?"

Und er las:

Die Welt ist so schlecht
oder auch so gut
wie der Mensch sie empfindet.
Für den Verzweifelten
ist sie ein Jammertal,
für den Glücklichen
ist sie ein Paradies.
Doch alle täuschen sich.
Für den Erleuchteten
ist sie ein Rätsel,
das er gelöst hat.

Das genügt mir nicht, dachte Florian. Ich bin nicht der einzige, der die Welt als schlecht empfindet. Viele denken wie ich. Die Welt ist ungerecht, grausam, voller Gewalt und Haß, voller Krieg und Krankheit. Verbrecher handeln mit hilflosen Menschen wie mit Waren. Mord und Totschlag sind an der Tagesordnung. Die Gier der Reichen grinst den Hungernden schamlos ins Gesicht. Und Ehrlichkeit ist nur ein Wort. Selbst Liebespaare belügen sich, Freunde betrügen sich. Der Ehrliche ist meistens der Dumme. Ich bin nur ein kleiner Dieb, der reiche Frauen erschreckt. Es gibt Schlimmere als mich, viel Schlimmere.

Da tauchte die Schrift auf:

Du darfst dich nicht
mit den Schlimmeren vergleichen,
sondern mußt dich nach den Besseren richten.
Wie solltest du sonst besser werden?

Florian mußte unwillkürlich an Amanda denken. Sie war bestimmt ein besserer Mensch als er. Wahrscheinlich war sie jetzt ziemlich traurig.

Da sah er sie plötzlich zu seiner größten Verblüffung auf den Seiten des Buches wie auf einem kleinen Bildschirm auftauchen. Und er hörte sie auch.

Sie ließ den Kopf hängen und weinte.

Da war ein älterer Mann mit grauem, lockigem Haar bei ihr, der sie tröstete. Er umarmte sie und sagte: „Bitte, Amanda, mach dir keine Vorwürfe. Dadurch wird es nicht besser."

„Warum bin ich nicht mit der Bahn direkt nach Hause gefahren?" hörte Florian Amanda schluchzen.

„Du konntest doch nicht ahnen, daß ein Dieb deine Tasche stehlen würde."

Dann verblich das Bild auf den Seiten des Buches.

Florian empfand Mitleid für Amanda. Er hörte wieder ihren

herzzerreißenden Schrei. Das magische Buch hatte gesagt, daß er ihr durch seinen Diebstahl die schmerzhafte Erkenntnis beibringen mußte, daß nichts im Leben sicher ist. Und daß sie diese Erkenntnis brauchte auf dem Weg zur Erweckung – was immer das auch sein mochte.

Also hatte er ihr geholfen, als er sie bestahl. Und Gutes durch Böses bewirkt.

Das Buch hatte behauptet, das Leben sei ein Schlaf, doch es gebe ein Erwachen vor dem Tod. Wie mochte dieses Erwachen sein? Wie konnte man es erreichen? Wurde es einem geschenkt oder mußte man es sich erarbeiten?

Auf einer Seite des Zauberbuches erschien die Schrift:

Wer sich
mit ganzer Seele
danach sehnt,
dem wird es geschenkt.
Alles Wesentliche
geschieht von selbst,
wenn die Zeit reif ist.
Haare wachsen nicht schneller,
wenn man an ihnen zieht.
Sinnlose Anstrengung kann
sogar hinderlich sein
auf dem Weg zum Licht.

Und was ist es, das geheimnisvolle Licht, fragte er das Buch in Gedanken.

Es erschien die Antwort:

Es ist nicht
Jagd nach dem eigenen Vorteil,
Schwelgen im Irrtum,
Vergeudung von Kraft und Zeit.
Es ist nicht
Zwang und Schwere, Enge und Not,
Krankheit und Leid,
Täuschung und Enttäuschung.

Schön, dachte Florian, das ist es nicht. Aber was ist es?

Es ist die
Befreiung der Seele
von den Fesseln der Täuschung.
Es ist die erheiternde Erkenntnis,
immer schon frei gewesen zu sein,
ohne es gewußt zu haben.
Es ist das Ende der Unwissenheit,
die Vollendung des Kreislaufs
der Wiedergeburten,
der Abschied vom Menschsein.

Oh, dachte Florian, das ist starker Tobak! Der Abschied vom Menschsein! Und was ist man dann, wenn man kein Mensch mehr ist?

Nicht mehr Welle, sondern Ozean.
Nicht mehr Teil, sondern Ganzes.
Nicht mehr Ich, sondern All.
Nicht mehr Zeit, sondern Ewigkeit.

Klingt imposant, dachte Florian, aber auch sehr abstrakt. Geht es vielleicht noch etwas anschaulicher?

Plötzlich wurden die Seiten des Buches noch weißer, als würde ein schlafendes Licht in ihnen erwachen. Florian blickte gebannt in das aus dem Buch strömende Leuchten, das immer strahlender und herrlicher wurde. Er spürte, wie es durch seine weit geöffneten Augen in sein Inneres floß und sich dort ausdehnte. Und immer noch wurde das Licht prächtiger, zauberhafter. Es schien alles in sich zu enthalten, was stark, schön und gut war.

Florian vergaß seine Umgebung, vergaß sich selbst. Da war nur noch das wunderbare Licht. Er spürte Kraft, Harmonie und einen Frieden in sich, den er noch nie erlebt hatte. Sein Bewußtsein war klar und schien keine Grenzen mehr zu kennen. Er fühlte sich leicht wie eine Feder. Doch dann floß das Licht wieder in das weiße Buch zurück. Florian hätte nicht sagen können, wie lange es ihn erfüllt hatte. Aber er spürte, daß es etwas Wesentliches in ihm für immer verändert hatte und daß diese Veränderung ein Geschenk des Himmels war. Er hatte erfahren, daß es ein höheres Leben gab, von dessen Schönheit und Pracht er nicht zu träumen gewagt hätte.

Unaufhaltsam wich das wunderbare Licht aus ihm und kehrte zu seiner Quelle zurück. Florians Traurigkeit darüber wurde von seiner Freude überwogen, dieses himmlische Licht erlebt zu haben. Er wußte nun, daß es etwas gab, was das Leben nicht nur lohnenswert, sondern auch spannend, sinnvoll und intensiv machte – die Suche nach dem Licht aus dem Zauberbuch.

Plötzlich wurde Florian von einer unwiderstehlichen Müdigkeit befallen, ließ sich der Länge nach auf die Couch sinken und fiel in einen tiefen Schlaf, der ihm einen Alptraum brachte, den er nie vergessen sollte.

In diesem Traum saß Florian an einen Holzstuhl gefesselt in einem leeren Zimmer mit einer geschlossenen Tür. Er konnte seine Arme und Beine nicht bewegen.

Während er sich noch fragte, wie er in diese unangenehme Lage geraten sein mochte, öffnete sich die Tür.

Eine elegant gekleidete Frau kam ins Zimmer. Sie ging direkt auf Florian zu, streckte ihre Hand aus – und stahl ihm ein Auge. Seltsamerweise tat es überhaupt nicht weh, es blutete auch nicht. Aber Florian war zu Tode erschrocken. Als die

Frau das Zimmer verließ, stieß er einen Schrei der Verzweiflung aus.

Dann betrat eine zweite Frau das Zimmer. Mit tückischem Lächeln kam sie auf Florian zu, griff sich blitzschnell seine Nase und verschwand mit schnellen Schritten.

Florian spürte voller Entsetzen, daß er nicht mehr durch die Nase atmen konnte. Er begann notgedrungen, durch den Mund zu atmen.

Als Florian die dritte Frau ins Zimmer kommen sah, rief er ihr flehentlich entgegen: „Bitte stiehl mir nicht meinen Mund! Ich könnte dann nicht mehr atmen und müßte sterben.“

Die Frau, die ebenso elegant gekleidet war wie ihre beiden Vorgängerinnen, blieb vor ihm stehen. „Keine Angst! Deinen Mund lasse ich dir. Wir wollen doch nicht, daß du stirbst. Wenn du stirbst, kannst du nicht leiden. Und wenn du nicht leidest, kannst du nicht verstehen, verstehst du?“

Dann lachte sie, streckte ihre Arme aus und zog mit einem heftigen Ruck an Florians Händen. Er schrie laut auf, obwohl er wieder keinen Schmerz empfand. Es floß auch diesmal kein Blut. Nur seine Hände waren auf einmal nicht mehr da, als hätte er nie welche gehabt.

Die Frau verzog das Gesicht und hielt sich die Ohren zu. „Ich hätte dir deine Stimme stehlen sollen. Aber ich wollte nun mal deine Hände. Mit dem Stehlen ist es jetzt vorbei. Ein Dieb ohne Hände ist ein Dieb am Ende.“

Dann kam die vierte Frau. Auch sie kannte kein Mitgefühl. Mit energischen Schritten näherte sie sich Florian und riß ihm mit einem Ruck beide Ohren ab. Nun konnte er nichts mehr hören, auch nicht seinen eigenen schrecklichen Schrei.

Schließlich betrat die fünfte Frau das Zimmer. Sie trug ein edles, schwarzes Kostüm. Irgendwo, so schien es Florian, hatte er sie schon einmal gesehen. Und auch die ersten vier Frauen waren ihm bekannt vorgekommen. Mit einem Mal wurde ihm klar, woher er sie alle kannte. Es waren fünf der Opfer, denen er die Handtasche gestohlen hatte!

Die fünfte Frau verzog keine Miene, als sie auf Florian zuging, blieb vor ihm stehen, streckte ihre Hand aus und stahl ihm sein zweites Auge.

Er brüllte vor Schreck und nacktem Entsetzen. Alles war jetzt dunkel, ein endloser, unheimlicher, tiefschwarzer Raum. Florian sah, hörte und roch nichts mehr, sein Atem ging schnell und flach durch seinen offenen Mund. Er war in eine furchtbare Finsternis gestoßen worden, die ihn zu verschlingen drohte.

„Verzeiht mir!" rief er, ohne seine Stimme zu hören, ohne zu wissen, ob überhaupt jemand ihn verstand. „Bitte verzeiht mir alle, daß ich euch bestohlen habe. Ich wußte nicht, was ich tat. Es tut mir leid. Ich werde nie wieder stehlen! Nie wieder!"

Wenn die sechste Frau hereinkommt, dachte er, sehe ich sie wenigstens nicht, höre ihre Schritte nicht, rieche nicht einmal ihr Parfüm. Sie wird mir etwas stehlen. Ist es der Mund, muß ich sterben. Florian begann am ganzen Leib zu zittern. Er empfand panische Angst vor dem Tod. Angst, vom Tod unwiderruflich in diese furchtbare, ausweglose Dunkelheit eingeschlossen zu werden, für immer und ewig.

Plötzlich spürte Florian zwei Lippen auf seinem Mund. Zwei warme Lippen, die ihn zärtlich küßten.

Und dann, wie durch ein Wunder, konnte er wieder sehen, wieder riechen, er konnte wieder hören, und seine Hände waren wieder an ihrem Platz. Der Kuß dieser Lippen hatte ihm alles, was ihm gestohlen wurde, wieder zurückgegeben.

Die Frau, die Florian ins Leben zurückgeküßt hatte, lächelte ihm zu, und die Fesseln fielen von seinen Hand- und Fußgelenken ab. Er stand auf und sah seiner Retterin ins Gesicht. Es war die Frau, der er das verzauberte Buch gestohlen hatte. Amanda. Warum hatte sie ihn geküßt, obwohl er ihr ein Wunder gestohlen hatte? War sie verrückt? Oder mochte sie ihn vielleicht? Nein, warum sollte sie einen wie Florian mögen? Einen miesen Taschendieb, der von hinten kam, sein Gesicht versteckte und wie ein Hase davonlief.

Aber sie lächelte ihn unverwandt an, und er konnte nicht fassen, daß gerade sie ihm sein Leben zurückgegeben hatte. Sie hatte ihn mit ihrem Kuß aus einer Hölle gerettet, und er war ihr unsäglich dankbar, doch er wußte nicht, wie er seine Dankbarkeit ausdrücken sollte.

Da sagte ausgerechnet sie zu ihm: „Danke!“

Seine Verblüffung war so groß, daß er erwachte, in Schweiß gebadet.

Er dachte lange über seinen Traum nach, an den er sich in allen Einzelheiten erinnern konnte. Die letzten drei Jahre seines Lebens gingen ihm durch den Sinn. Jahre, in denen er unzählige Frauen erschreckt und bestohlen hatte, während er seine Scham, seine Gewissensbisse mit dem Argument verdrängt hatte, daß er nur ein kleiner Ganove war, während die wirklichen Verbrecher viel schlimmere Dinge taten, als gutsituierten Damen die Handtaschen zu entwenden.

Doch nun wurde Florian klar, daß er vielen Menschen Schaden zugefügt hatte und sich nicht damit entschuldigen konnte, daß es wesentlich größere Schädlinge als ihn auf der Welt gab. Er wußte, daß er seine Schuld nicht länger unter den Teppich fadenscheiniger Rechtfertigungen kehren konnte. Und eins war sicher – er durfte sie auf keinen Fall vergrößern. Im Gegenteil, er hatte viel wiedergutzumachen.

Er nahm sich vor, gleich damit anzufangen.

Er hatte den Frauen in seinem Traum versprochen, nie wieder zu stehlen – und er würde sein Wort halten. Seine Laufbahn als Dieb war ein für allemal beendet.

Als er diesen Entschluß gefaßt hatte, übermannte ihn der Schlaf. Und Florian schlief so gut wie seit Jahren nicht mehr.

Amanda war vor Entsetzen wie gelähmt, als ihr bewußt wurde, daß jemand ihre Handtasche mit dem Zauberbuch gestohlen hatte. Es war ihr, als könnte sie nicht mehr atmen. Dann entluden sich ihr Schrecken und ihre Lähmung in einem unwillkürlichen Schrei. Sie drehte sich um und sah einen Mann auf der anderen Straßenseite davonlaufen. Er hatte ihre Tasche in der Hand und rannte so schnell, daß es Amanda gar nicht in den Sinn kam, ihn zu verfolgen. Schon war er in eine Seitenstraße geflitzt und nicht mehr zu sehen.

Eine ältere Frau ging auf Amanda zu. „Was ist passiert?" fragte sie. „Warum haben Sie geschrien?"

„Ein Dieb hat meine Handtasche gestohlen."

„Dann müssen Sie zur Polizei gehen und den Halunken anzeigen! Solchen Gaunern muß das Handwerk gelegt werden."

„Ich weiß nicht mal, wie er aussieht."

„Oh je! Na, junge Frau, dann werden Sie Ihre Handtasche wohl nicht wiedersehen. War denn viel Geld darin?"

Amanda schüttelte den Kopf. „Nein. Aber etwas, das man mit Geld nicht bezahlen kann."

„Das tut mir leid“, sagte die alte Frau. „Das Leben ist manchmal hart.“

„Ja“, murmelte Amanda und wandte sich ab.

Ziellos ging sie durch die Straßen der Innenstadt. Tränen strömten ihr aus den Augen. Einmal sprach ein Mann sie an und fragte, ob er ihr irgendwie helfen könnte. Amanda schüttelte stumm den Kopf und ging weiter.

Schließlich erkannte sie, daß sie unwillkürlich den Weg zum Haus ihres Vaters eingeschlagen hatte. Wo sollte sie auch sonst hin? Die Schlüssel zu ihrer eigenen Wohnung waren in der gestohlenen Handtasche.

Dann stand sie zum zweiten Mal an diesem Tag vor der Haustür ihres Vaters, wischte sich die Tränen aus dem Gesicht und klingelte.

Als Roland die Tür öffnete und das Gesicht seiner Tochter sah, erschrak er. „Amanda – was ist passiert?“

„Ich bin nicht direkt nach Hause gefahren. Ich bin in der Innenstadt aus der Bahn gestiegen und wollte noch ein wenig durch die Straßen bummeln. Als ich vor einem Schaufenster stand, hat mir ein Dieb meine Handtasche mit dem Buch darin gestohlen.“

Ihr Vater biß sich auf die Lippen, nahm Amanda wortlos bei der Hand und führte sie ins Wohnzimmer. „Ich habe ein Zauberbuch gefunden, um es gleich wieder zu verlieren. Ich habe es nicht gut genug geschützt. Ich habe versagt.“

Ihr Vater umarmte sie: „Bitte, Amanda, mach dir keine Vorwürfe. Dadurch wird es nicht besser."

„Warum bin ich nicht mit der Bahn direkt nach Hause gefahren?" schluchzte sie.

„Du konntest doch nicht ahnen, daß ein Dieb deine Tasche stehlen würde."

„Vielleicht sollte es so kommen", erwog Amanda.

„Wie meinst du das?"

„Wenn das Zauberbuch es nicht gewollt hätte, wäre es vielleicht nicht so geschehen. Ich wollte dem Buch noch viele Fragen stellen, aber ich habe meine Chance versäumt. Ich habe gedacht, daß ich es auch noch morgen fragen könnte und übermorgen. Vielleicht war es das, was es mir zeigen wollte – daß auf gar nichts Verlaß ist. Daß alles mit einem Schlag vorbei sein kann und man deshalb unbedingt den Augenblick nutzen muß. Aber warum mußte es mir das auf eine so bittere Art zeigen?"

Amanda begann wieder zu schluchzen. Ihr Vater strich zärtlich über ihre Haare. „Amanda, wir gehen am besten zur Polizei und erstatten Anzeige gegen Unbekannt. Sie werden dir Fotos von Taschendieben zeigen. Vielleicht erkennst du den Mann wieder."

„Das hätte keinen Sinn, Roland. Ich habe sein Gesicht nicht gesehen. Ich weiß nicht einmal, ob er dunkle oder helle Haare hat. Ich weiß überhaupt nichts von ihm. Wir müssen uns damit abfinden, daß wir das Zauberbuch verloren haben."

Roland wollte seiner Tochter erst widersprechen, aber er war nicht der Mann, der anderen Menschen falsche Hoffnungen machte – schon gar nicht denen, die er liebte.

Er wußte, daß Amanda recht hatte. Womöglich erkannte der Dieb nicht einmal die Bedeutung des weißen Buches. Dann warf er es wahrscheinlich in den Papierkorb. Wenn er allerdings feststellte, daß er ein Wunderbuch gestohlen hatte, würde er versuchen, es zu einem möglichst hohen Preis zu verkaufen. In beiden Fällen war Amandas Chance, das Buch wiederzubekommen, gleich null.

„Möchtest du bei mir übernachten?" fragte er sie.

Sie löste sich aus seiner tröstenden Umarmung. „Nein, Roland. Danke, das ist lieb gemeint. Aber du weißt doch, ich bin am liebsten allein, wenn ich traurig bin. Gibst du mir die Ersatzschlüssel für meine Wohnung und ein bißchen Geld für die Bahn?"

„Du fährst jetzt nicht mit der Bahn! Ich bringe dich mit dem Auto nach Hause, Amanda. Und wenn du doch noch meine Hilfe brauchst, rufst du mich an, und ich werde sofort kommen."

Amanda nickte und versuchte zu lächeln, aber es gelang ihr nicht.

Als ihr Vater sie nach Hause gebracht hatte, warf Amanda

sich auf ihr Bett und sank in ein Meer von Traurigkeit, in dem alle Hoffnung mit ihr unterzugehen drohte. Sie hatte ein Wunderbuch gefunden, nur um es wenig später wieder zu verlieren, und sie würde es nie mehr wiederfinden. Damit mußte sie nun leben. Warum hatte dieser verdammte Dieb ausgerechnet sie bestohlen? Warum nicht eine andere? Vielleicht hatte das Zauberbuch es so gewollt, um sie dafür zu bestrafen, daß sie es vorläufig mit niemandem außer ihrem Vater teilen wollte?

Sinnlose Fragen, dachte Amanda. Was geschehen ist, kann nicht mehr rückgängig gemacht werden.

Amanda trocknete sich die verweinten Augen. Sie wollte jetzt schlafen, nur noch schlafen. Doch der Schlaf kam nicht, und die Traurigkeit wuchs ins Unerträgliche. Sie wurde so stark, daß Amanda schließlich den Kampf gegen sie aufgab – wie ein Ertrinkender am Ende seiner Kräfte schließlich den Kampf gegen das Wasser aufgibt, das ihn verschlingen will.

In diesem Augenblick verschwand ihre Verzweiflung auf magische Weise. Als Amanda bereit war, sich ihr ganz zu überlassen, löste ihr Schmerz sich in Luft auf und machte einer unverhofften Gelassenheit Platz, die ihr ganzes Wesen ausfüllte. Einer Gelassenheit, die ihr zu verstehen gab, daß alles, was geschah, einen höheren Sinn hatte. Ein Unglück konnte ein maskiertes Glück sein, ein Glück konnte sich mit der Zeit als Unglück entpuppen. Nichts war sicher, vieles tarnte sich. Es kam darauf an, die Masken zu durchschauen. Der Blick mußte ins Wesentliche gehen. Weisheit und Geduld waren nötig, Gelassenheit im Gewinn und Verlust, denn es gab etwas, das nie verloren ging, da es nie gewonnen wurde, weil es immer schon da war und immer dasein würde.

Bald brachte die Gelassenheit, die Amanda so überraschend gefunden hatte, ihr den ersehnten, tiefen Schlaf.

Amanda wachte am nächsten Morgen durch das Klingeln ihres Telefons auf. Schlaftrunken meldete sie sich mit einem halb geflüsterten: „Hallo?"

„Sind Sie Amanda?" fragte eine Stimme, die sie nicht kannte und die anscheinend einem jungen Mann gehörte.

„Ja. Und wer sind Sie?"

„Ich heiße Florian. Ich bin der Mann, der Ihnen gestern abend Ihre Handtasche gestohlen hat."

Mit einem Schlag war Amanda hellwach.

„Ich möchte mich bei Ihnen entschuldigen. Wenn ich gewußt hätte, was ich Ihnen stehle, hätte ich es bestimmt nicht getan. Ich habe Sie erschreckt und traurig gemacht, und das tut mir sehr leid. Ich will versuchen, alles wieder gutzumachen. Ich möchte Ihnen das Buch zurückgeben. Und natürlich auch Ihr Portemonnaie, Ihre Brieftasche und den Schlüsselbund. Auch eine neue Handtasche, die ich eben gekauft habe, man kann sie kaum von Ihrer alten unterscheiden. Wann kann ich Ihnen das alles bringen? Ihre Adresse auf dem Ausweis, die stimmt doch noch?"

Nach einer Weile hörte Amanda sich sagen: „Ja, die stimmt noch. Wann wollen Sie denn kommen?"

„Am liebsten gleich. Geht das?“

„Ja. Das geht.“

„Gut“, sagte der Mann und legte auf.

Amandas Gefühle und Gedanken wirbelten durcheinander wie Blätter in einem Herbststurm. Welches verrückte Spiel trieb das Leben mit ihr? Sie stand auf, machte sich in aller Eile frisch, zog sich an und hatte sich gerade gekämmt, als es klingelte.

Sie öffnete die Wohnungstür. Da stand ein schlanker Mann um die Dreißig und hielt ihr mit unsicherem Lächeln eine schwarze Handtasche entgegen.

„Da ist alles drin“, murmelte er und senkte den Kopf.

„Kommen Sie doch rein“, sagte Amanda.

Der Mann schien sich über ihre Aufforderung zu freuen und folgte ihr in die Wohnküche.

„Setzen Sie sich doch, Florian. Trinken Sie einen Orangensaft mit mir?“

„Ja, sehr gern.“

Während Amanda ihrem Besucher und sich einschenkte, zog er das weiße Buch aus der Ledertasche und legte es behutsam auf den Tisch.

„Wissen Sie, was das ist?“ fragte Amanda.

Florian nickte. „Etwas, das es gar nicht geben dürfte. Ein Wunder. Wo haben Sie es gefunden?“

„Bei Ausgrabungsarbeiten an einem buddhistischen Kloster in Nordindien. Ein Mann, vermutlich ein indischer Buddhist, der vor sehr langer Zeit nach höchster Einsicht suchte und sie schließlich fand, hat es für immer mit dem Zauber seiner Erleuchtung erfüllt. Es steht über den Gesetzen der materiellen Welt. So konnte es eine Ewigkeit unbeschadet in der indischen Erde liegen."

„Mich überrascht gar nichts mehr", erklärte Florian.

Amanda sah ihm in die Augen und fragte: „Warum geben Sie mir dieses Buch zurück? Sie könnten ein Vermögen damit machen."

„Es gibt Wichtigeres im Leben, als ein Vermögen zu machen. Besonders, wenn man so gelebt hat wie ich in den letzten Jahren. Diese Einsicht habe ich diesem Wunderbuch zu verdanken. Es hat einen anderen Menschen aus mir gemacht. Einen Menschen, der viel wiedergutzumachen hat."

Amanda atmete tief durch. Sie spürte, daß ihre Traurigkeit, die der Schlaf nur vor sich hergeschoben hatte, sich aufzulösen begann und dem Licht der Freude wich, den gefundenen und für immer verloren geglaubten Schatz wiedergefunden zu haben. Sie wußte, daß sie in diesem Moment etwas ganz Wesentliches lernte, ohne es benennen zu können.

„Sie wollen mir also wirklich das Buch zurückgeben?"

„Ja. Und ich würde Ihnen noch gern etwas erzählen, wenn ich darf."

„Ja? Ich lausche!"

Florian suchte nach den richtigen Worten. „Also – ich habe letzte Nacht von Ihnen geträumt. In diesem Traum war ich sechs Frauen hilflos ausgeliefert, die ich einmal in der Wirklichkeit bestohlen habe. Diese Frauen waren wütend auf mich, sehr wütend. Sie nahmen grausame Rache an mir. Die erste stahl mir ein Auge. Die zweite stahl mir meine Nase. Die dritte griff sich meine Hände. Die vierte riß mir meine Ohren ab, die fünfte stahl mir mein zweites Auge. Die sechste Frau waren Sie."

„Ich? Und was habe ich Ihnen gestohlen?"

„Sie haben mich auf den Mund geküßt."

„Was habe ich?"

„Ja, Sie haben mich geküßt und mir damit alles wieder zurückgegeben, meine Augen, meine Ohren, meine Nase, meine Hände, mein Leben. Sie haben mich aus einer Hölle der Angst und Verzweiflung gerettet. Ausgerechnet mich, der Ihnen Ihr Wunderbuch gestohlen hatte. Und dann taten Sie etwas völlig Unbegreifliches. Sie bedankten sich bei mir. Das hat mich so überrascht, daß ich aufwachte."

„Wie verstehen Sie diesen Traum?" fragte Amanda.

„Ich glaube, Sie hatten Mitleid mit mir, als Sie sahen, wie übel die anderen Frauen mich verstümmelt hatten. Und Ihr Mitgefühl war stärker als Ihre Wut auf mich. Sie haben den Ekel vor meinem entstellten Gesicht überwunden und mich auf meine Lippen geküßt. Und dadurch haben Sie mich wieder heil gemacht. Das kann ich gerade noch verstehen. Aber warum haben Sie sich bei mir bedankt?"

„Vielleicht, weil Ihre Heilung mir gezeigt hat, was Mitgefühl bewirken kann. Aber vergessen Sie nicht, ich war nur eine Figur in Ihrem Traum."

Florians Blick fiel auf das Zauberbuch.

„Ich vermute", sagte er, „daß dieses Buch mir den Traum geschickt hat. Am Abend hat es mir ein Paradies aus Licht gezeigt. Und in der Nacht hat es mich in eine Hölle aus Dunkelheit gestoßen."

„Ein Paradies aus Licht hat es Ihnen gezeigt?"

Florian lächelte. „Ja. Ein herrliches, weißes Licht ist aus dem Buch in mich eingeströmt und hat mich mit einer unbeschreiblichen Pracht erfüllt. Ich habe mich noch nie in meinem Leben so wunderbar gefühlt. Dann floß das Licht wieder in das Buch zurück. Ich habe immer geglaubt, daß ich weiß, was ich will. Aber ich habe mich getäuscht. Jetzt weiß ich, was ich in Wirklichkeit suche. Den Zauber, die Schönheit und den Frieden dieses Lichtes."

Amanda lächelte Florian an. Sie konnte immer weniger verstehen, daß dieser junge Mann mit den interessanten Gesichtszügen und freundlichen Augen ein Taschendieb war. „Haben Sie eigentlich schon vielen Frauen die Handtasche gestohlen?"

Florian senkte den Blick. „Ja, ziemlich vielen."

„Und was haben Sie gemacht, bevor Sie zum Dieb wurden?“

„Sie werden lachen – ich habe studiert. Philosophie, weil ich den Sinn des Lebens suchte. Doch die Bücher, die ich las, halfen mir nicht wirklich weiter. Jeder Philosoph hatte sein eigenes Weltbild, aber es war keines dabei, das mich wirklich überzeugte. Meine Enttäuschung wuchs. Ich begann mein Studium zu vernachlässigen, habe es aber trotzdem abgeschlossen, wenn auch nur mit ausreichendem Erfolg. Mit einer solchen Ausbildung hat man heutzutage ganz schlechte Berufsaussichten, selbst wenn man mit besseren Noten aufwarten kann als ich. Ich habe mich bei allen in Frage kommenden Stellen beworben, aber es kamen nur Absagen.“

„Und wovon haben Sie gelebt?“ fragte Amanda.

„Ich hielt mich mit Gelegenheitsjobs und Aushilfsarbeit über Wasser, drei Jahre lang. Es waren zum größten Teil Tätigkeiten, die mir gegen den Strich gingen. Die Einzelheiten will ich Ihnen ersparen. Ich denke nicht gern an diese Zeit zurück, es waren die schlechtesten Jahre meines Lebens. Dann fand ich doch noch einen erträglichen Job. Und ich verliebte mich in eine faszinierende Frau. Ein halbes Jahr später verlor ich meinen Job und meine Freundin in derselben Woche, als hätte der Teufel es so gewollt. Das war zu viel auf einmal, es warf mich aus der Bahn. Ich war so verzweifelt, daß ich ... Sagen Sie, interessiert Sie das überhaupt?“

„Ja, sehr." Amanda nickte Florian aufmunternd zu. „Bitte erzählen Sie weiter."

„Gut. Ich lag wochenlang auf dem Sofa und badete in Hoffnungslosigkeit und Selbstmitleid. Ich aß nicht mehr richtig, rauchte eine Zigarette nach der anderen und trank zuviel Wodka. Auch finanziell war ich am Ende. Ich konnte meine Miete nicht mehr bezahlen. Der Hausbesitzer drohte mit Kündigung. Mein Stolz hinderte mich daran, zum Sozialamt zu gehen und um Geld zu betteln. Dann sah ich in einem Fernsehfilm, wie ein Mann einer Frau die Handtasche stahl. Er schnitt mit einer Schere den Tragriemen durch, packte sich die Tasche und rannte davon. Es sah alles sehr einfach aus. Und ich dachte mir, das kannst du zur Not auch. Also beschloß ich, Taschendieb zu werden."

„Und die Moral? Schließlich haben Sie Philosophie studiert!"

„Erst kommt das Fressen, dann die Moral. Mein Kühlschrank war leer, die Bank wollte mir kein Geld mehr leihen, mein Vermieter drohte mit Kündigung. Ich stand mit dem Rücken zur Wand. Da kann man auf eine solche Idee kommen, verstehen Sie?"

„Und Ihre Eltern und Verwandten konnten Ihnen nicht helfen?"

„Meine Mutter lebt schon lange nicht mehr", antwortete Florian mit leiser Stimme. „Sie hat mich geliebt. Mein Vater liebt mich nicht, um es milde auszudrücken. Er hat mein Studium finanziert, weil er gesetzlich dazu verpflichtet war. Danach hat er mir keine müde Mark mehr gegeben, obwohl ihm das Geld aus den Ohren quillt. Wir haben uns vor einem Jahr zerstritten und seitdem nicht mehr miteinander gesprochen. Ich habe ihn enttäuscht, ich bin so anders als er. Meine übrigen Verwandten sind entweder tot oder so geartet, daß es besser für mich und für sie ist, wenn ich sie nicht sehe."

„Aber das ist alles keine Rechtfertigung für Diebstahl."

Florian nickte. „Allerdings. Jetzt weiß ich es auch. Aber als ich damals damit anfing, sah ich es anders. Ich war deprimiert, hoffnungslos und hatte Angst, ein Sozialfall zu werden. Ich wollte aber auch nicht mehr zurück in diese entwürdigenden, schlechtbezahlten Gelegenheitsjobs. Also begann ich damit, wohlhabenden Damen die Handtaschen zu klauen. Diese Entscheidung löste bald meine finanziellen Probleme. Ich war ein guter Dieb. Ich habe mich nie erwischen lassen."

„Eines Tages wäre es passiert", sagte Amanda.

„Ja, wahrscheinlich", stimmte Florian ihr zu. „Ich hatte mir eine billige Rechtfertigung zurechtgebastelt, um mein schlechtes Gewissen zu besänftigen. Aber ich habe mich nur selbst betrogen. Ich habe Schaden angerichtet und will ihn wiedergutmachen. Ich hoffe, es wird mir gelingen. In meinem Traum haben Sie mich gerettet. Doch das hier ist die Wirklichkeit.

Können Sie mir wirklich verzeihen, daß ich Sie bestohlen habe?"

Amanda atmete tief durch, nahm das Zauberbuch in die Hand und stand auf. Mit langsamen Schritten ging sie zum Fenster und öffnete das Buch. Obwohl sie kaum fassen konnte, was mit ihr geschah, spürte sie im tiefsten Inneren, daß alles so geschehen sollte, geschehen mußte.

Und dann sah sie voller Freude auf einer Seite des Buches die Worte entstehen:

> Wer nicht in die
> Hölle der Verzweiflung
> gesunken ist,
> kann nicht in den
> Himmel der Befreiung
> aufsteigen.

Amanda verstand. Das Zauberbuch hatte alles so gewollt. In seiner Weisheit hatte es sich von einem Dieb stehlen lassen, um sein Schicksal mit ihrem zu verbinden.

Amanda hatte Diebe nie gemocht. Aber war sie nicht selbst zur Diebin geworden, als sie das Zauberbuch an der indischen Ausgrabungsstätte heimlich in ihre Jackentasche gesteckt hatte? Dieses Buch gehörte dem indischen Staat, und sie hatte es in ihren Besitz gebracht. Wie konnte sie da über einen Dieb richten, den die Not und der Stolz auf die falsche Bahn gebracht hatten? Sie war nicht besser als er.

Amanda schloß das Zauberbuch und ging auf Florian zu, der unwillkürlich aufstand. Einen Schritt vor ihm blieb sie stehen, sah ihm in die Augen und sagte: „Sie haben – nein, ich kann dich nicht mehr siezen. Du hast mich gefragt, ob ich dir vergebe. Ich brauche dir nicht zu vergeben. Du und ich, wir sind nur dem Willen dieses Buches gefolgt. Es hat uns zusammengeführt, um uns beiden zu wichtigen Einsichten zu verhelfen, die wir allein nicht gefunden hätten."

Als Amanda die Erleichterung in Florians Gesicht sah, trat sie einen Schritt vor und gab ihm einen Kuß auf die Lippen. „Danke", sagte sie leise.

Florian berührte seine Lippen mit ungläubigem Gesichtsausdruck, als könnte er nicht fassen, daß Amanda ihn wirklich geküßt hatte. „Wie in meinem Traum", flüsterte er.

Amanda lächelte und setzte sich wieder.

Florian folgte ihrem Beispiel. „Du sagtest, dieses Buch hätte vermutlich ein Buddhist mit dem Zauber seiner Erleuchtung erfüllt. Ich weiß nicht allzu viel über den Buddhismus."

„Es gibt nicht nur einen einzigen Buddhismus", erklärte Amanda, „sondern eine Fülle unterschiedlicher Arten, Schulen und Traditionen. Der tibetische Buddhismus beispielsweise legt großen Wert auf die Ausprägung des Mitgefühls. Der japanische Buddhismus, auch Zen genannt, versucht, den Verstand über seine Grenzen hinaus zu führen, denn Erleuchtung ist nur jenseits des Denkens zu erlangen. Die Gedanken sind eine dichte Wolkendecke, die sich auflösen muß, damit die Sonnenstrahlen der Erleuchtung die Seele erreichen können."

„Klingt poetisch", sagte Florian.

„Ja, aber hinter solchen Bildern stehen ganz wirkliche Erfahrungen, die wir Europäer kaum kennen, weil wir uns gar nicht die Zeit und die Ruhe nehmen, die nötig sind, um solche Erfahrungen zu machen. Wir werden zur Schule geschickt, wo man uns Wissen vermittelt, um uns davon abzulenken, daß niemand uns Weisheit zu geben hat. Wir absolvieren eine Ausbildung, ergreifen einen Beruf und versuchen, wie auch immer, einen guten Platz in der Gesellschaft einzunehmen. Unser stetes Bemühen um beruflichen Erfolg und privates Glück zehrt unsere Kräfte auf, und wir merken es nicht einmal. Nur in manchen Momenten spüren wir eine beunruhigende, ungute Leere in uns, als würde alles, was wir uns mühsam erarbeitet haben, uns keine wirkliche Befriedigung schenken."

„Dieses Gefühl kenne ich", gestand Florian.

„Fast alle kennen es", sagte Amanda. „Sie haben sich im Leben behauptet und das ihnen Mögliche erreicht, aber sie fühlen sich unausgefüllt. Es fehlt ihnen etwas. Im Grunde fehlt ihnen das Wichtigste, das Wesentliche. Das, worauf es wirklich ankommt. Seelische Erfüllung. Und sie beginnen danach zu suchen, jeder auf seine Weise. Manche wenden sich dem Buddhismus zu."

„Und der Buddhismus", fragte Florian, „hilft ihnen?"

Amanda nickte. „Für manche kann er eine große Hilfe sein. Andere brauchen andere Hilfen. Mir hat er sehr geholfen, in verschiedener Weise. Am meisten in der Gestalt eines alten Mannes, dem ich vor zehn Jahren in einem indischen Dorf begegnet bin. Er machte, wie viele wirklich bedeutende Menschen, wenig Aufhebens um seine Person, aber seine Freunde sagten ihm nach, daß er die Erleuchtung erlangt hätte. Und ich glaube, sie hatten recht. Ich werde diesen Mann immer in lebendiger Erinnerung behalten. Manchmal träume ich noch von ihm. Er war ein außergewöhnlicher Mensch, und was er mir sagte, ist bis auf den Grund meiner Seele gesunken. Frage mich nicht nach seinem Namen, er hatte keinen. Er hatte ihn aufgegeben – wie alles andere auch, was wir für notwendig und begehrenswert halten. Seine Seele hing nur noch mit einem dünnen Faden an seinem Körper. Er wirkte auf mich wie ein Reisender auf einem Bahnsteig, der schon den Zug kommen hört, der ihn ins Land der endgültigen Befreiung bringt."

Florian konnte den Blick nicht von Amandas Gesicht nehmen. „Wie hast du diesen Mann gefunden?"

„Ich reiste damals durch Indien, auf der Suche nach einem wirklichen Weisen, der mir helfen würde, seelische Erfüllung zu finden. Meine Stimmung während dieser Reise war starken

Schwankungen unterworfen. Manchmal war ich mir fast sicher, daß ich Zeit, Kraft und Geld vergeudete, um einer Illusion hinterherzulaufen. Vor allem, wenn ich auf einen dieser Männer stieß, die sich als Gurus und Meister ausgaben, sich aber bei genauem Hinsehen als eine besondere Art von Schauspielern erwiesen, deren Bühne die Leichtgläubigkeit der Menschen war. Doch immer, wenn ich kurz davor war, meine Reise abzubrechen, fühlte ich eine eigenartige Zuversicht, daß meine Suche nicht umsonst sein würde. Und schließlich fand ich – dank einer Verkettung von unglaublichen Zufällen, die keine Zufälle gewesen sein konnten – den Weg zu dem bescheidenen Haus des Namenlosen, am Rand eines Dorfes nördlich von Delhi. Ich werde den Augenblick nie vergessen, als ich sein Zimmer betrat."

„Du erzählst so, daß ich das Gefühl bekomme, ich wäre dabeigewesen."

Amanda lächelte. „Ich hätte es dir gegönnt. Ich wußte sofort, daß ich nach Indien gekommen war, um diesen Mann zu finden. Er sah mich an, und die Welt war verzaubert. Ich spürte, wie etwas Wunderbares, Gewaltiges mit mir geschah, in Sekundenschnelle. Und ich ließ es geschehen, denn ich empfand grenzenloses Vertrauen zu diesem Mann. Ich weiß, das klingt unverständlich und unlogisch, aber genauso ist es gewesen."

„Hat er dir etwas gesagt?" fragte Florian.

„Er fragte zuerst, ob es schwierig für mich gewesen sei, den Weg zu ihm zu finden. Und ob, wollte ich antworten, doch meine Zunge war wie gelähmt. Ich brachte kein Wort heraus. Aber es war auch nicht nötig, denn er wußte genau, warum ich zu ihm gekommen war. ‚Du mußt dein falsches Ich verlieren, bevor du dein wahres Selbst finden kannst', sagte er unvermittelt. ‚Dein Bild von dir hindert dich daran, du selbst zu sein. Du suchst nach dem Glück, aber du suchst es außerhalb von dir. Dort ist es nicht. Die Erfüllung, die du suchst, ist die verborgene Natur deines eigentlichen Wesens. Du findest sie in den Tiefen deiner Seele.' Das waren seine Worte."

Amanda atmete tief durch. „Ich hatte ähnliche Worte schon in verschiedenen Büchern gelesen, aber als dieser Mann sie mir sagte, erkannte ich zum ersten Mal ihre ganze Weisheit und Bedeutung. Und ich wußte, ich selbst war mein größtes Hindernis auf dem Weg zu mir. Genauer gesagt, mein Bild von mir, an das ich mich klammerte. Aus Gewohnheit, aus Unsicherheit, aus Angst vor dem Unbekannten. Doch der Ängstliche wird nie erleuchtet. Der Gewohnheitsmensch bleibt immer gewöhnlich. Und der Zögernde verpaßt den entscheidenden Augenblick. Nur der Entschlossene, der sich seiner sicher genug ist, um angstfrei ins Unbekannte zu gehen, kann Erleuchtung finden."

„Es gibt nicht viele Menschen, die so sind", merkte Florian an. „Mutig. Entschlossen. Angstfrei."

„Deshalb gab und gibt es so wenige Erleuchtete. Deshalb ist es auf dieser Welt so dunkel. Die düstere Wolkendecke unserer Gewohnheiten, Unsicherheiten und Ängste enthält unserem Leben das Licht vor, das wir brauchen, um unser wahres Wesen zu erkennen. Wir selbst sind unsere größten Hindernisse auf dem Weg aus dem endlosen Kreislauf der Wiedergeburten. Wir müssen uns überwinden, übersteigen, um von der Welt loszukommen."

„Erzähl mir mehr von dem indischen Weisen", bat Florian.

„Was soll ich noch sagen? Er strahlte eine geradezu himmlische Stille aus, die mich heiter und leicht machte. Die Zeit stand still, meine Gedanken verstummten. Meine Seele war wie befreit von Sorgen, Nöten, Bedenken, von Traurigkeit und Enttäuschung. Ich spürte nicht einmal mehr die Moskitostiche, die mich seit Tagen plagten. Ich fühlte mich wie verzaubert und reich beschenkt. Plötzlich kam es mir vor, als würde sich mein Körper auflösen. Als wäre ich nur noch eine Seele, die in einem wunderbaren Raum schwebt, wunschlos frei und glücklich, am Ziel ihrer höchsten Wünsche. Dann hörte ich den Namenlosen sagen: ‚Du bist ganz nah vor dem Ziel. Dir fehlt nur noch ein Schritt. Du wirst finden, was du suchst, noch in diesem Leben.' Dann berührte er ganz sanft meine Stirn, und ein Feuerwerk erleuchtete den Himmel meines Bewußtseins. Ich schloß unwillkürlich die Augen und verlor das Zeitgefühl. Als ich die Augen wieder öffnete, war ich allein im Zimmer."

„Phantastisch", murmelte Florian. „Wie in einem Märchen."

„So fühlte ich mich auch. Doch die Wirklichkeit holte mich wieder ein. Ein Freund des Namenlosen betrat den Raum und führte mich freundlich aus dem Haus. Beim Abschied bat er mich um meine Adresse. Ich gab ihm meine Visitenkarte, ohne mir vorstellen zu können, was er damit anfangen wollte. Ein halbes Jahr später wußte ich es. Ich bekam einen Brief aus Indien, von ebendiesem Mann. Er schrieb, daß die Seele des Namenlosen sich für immer aus dem Kreislauf der Wiedergeburten befreit habe."

Florian schwieg.

„Woran denkst du?" fragte Amanda.

„Ich frage mich: Warum wollen die Buddhisten eigentlich unbedingt den Kreislauf der Wiedergeburten verlassen? Es ist doch eine angenehme Vorstellung, nach dem Tod wieder in einem jungen Körper ein neues, vielleicht besseres Leben als dieses führen zu können, eine weitere Chance geschenkt zu bekommen."

„Es ist nur eine angenehme Vorstellung für die Seele", erwiderte Amanda, „die noch nicht erkannt hat, daß jede neue Wiedergeburt neues Leiden bringt."

„Aber auch neue Freuden", hielt Florian ihr entgegen.

„Natürlich", stimmte Amanda ihm zu. „Und neue Liebe, die das Leiden wie keine andere Kraft in Schach halten und für

eine Weile sogar in höchstes Glück verwandeln kann. Die Liebe ist eine göttliche Zauberkraft, denn sie kann die Natur des Erdenlebens auf den Kopf stellen. Sie kann das Leiden lächerlich machen. Doch das Leiden lauert gelassen in der Selbstvergessenheit der Liebenden und wartet auf seine Zeit, sich in Erinnerung zurückzurufen. Denn es weiß: Selbst die größte Liebe ist vergänglich. Alles ist vergänglich. Und darum hängt der Buddhist sein Herz nicht an das Vergängliche, weil ihm bewußt ist, daß er sich früher oder später davon trennen muß. Das heißt keineswegs, daß er sein Herz dem Vergänglichen nicht öffnet. Er öffnet es sogar so weit wie möglich. Wen und was er liebt, liebt er ganz und gar. Aber er weiß, daß er die Liebe nicht halten, nicht besitzen kann. Daß er sie eines Tages verlieren wird oder sie ihn. Er ist sich ihrer Vergänglichkeit, ihrer ständigen Gefährdung bewußt, aber das hindert ihn nicht daran, sie bis zur Neige auszukosten. Denn er weiß: Nur das, was er ganz und gar erfahren hat, kann ihn von der Sehnsucht danach befreien, es noch einmal zu erleben. Und nur eine von allen Sehnsüchten, von allen Wünschen befreite Seele kann Erleuchtung finden."

„Denken die Buddhisten so?" fragte Florian.

Amanda schmunzelte. „Ich weiß nicht, wie die Buddhisten denken. Es gibt Hunderte von Schulen, Tausende von Strömungen und Nebenströmungen. Der Buddhismus ist dank seiner Toleranz sehr variationsfreudig. Es gibt viele unorthodoxe

Buddhisten, die den Buddhismus auf ihre Art in einer Zeit zu leben versuchen, die ganz anders ist, als die Zeit Buddhas war. Sie folgen keinen strengen Regeln, sondern ihrer Intuition. Sie meditieren nicht täglich zu einer festgelegten Zeit, sondern wenn ihnen danach ist. Ihnen kommt es vor allem auf die menschliche Grundhaltung an, auf Werte wie Mitgefühl, Toleranz, Freundlichkeit, Achtung vor dem Leben. Wahrscheinlich gibt es ebenso viele Arten von Buddhismus auf dieser Welt, wie es Menschen gibt, die sich als Buddhisten verstehen. Der Buddhismus ist freiheitlich und tolerant genug, um jedem, der sich von ihm angezogen fühlt, seinen eigenen Weg gehen zu lassen. Niemand kann in die Fußstapfen eines Buddha treten. Buddha war einmalig. Und weil jeder Mensch einmalig ist, muß jeder seinen eigenen Weg gehen. Ich hatte einmal eine Nachbarin, eine achtzigjährige Frau, die ich niemals mißmutig erlebt habe. Sie sagte von sich, sie sei zu gleichen Teilen Buddhistin und Christin. An Jesus faszinierte sie die Liebe, die er gelebt und gepredigt hat, seine Menschlichkeit, die Freiheit seines Geistes und die Tiefe seiner Rebellion gegen die Gepflogenheiten der Welt, gegen den Umgang der Menschen miteinander. An Buddha begeisterte sie die Erkenntnis unserer Selbstverantwortung für unsere spirituelle Entwicklung, für die eigenen Gedanken, Gefühle und Handlungen. Der Buddhist bittet nicht Gott um Hilfe, sondern er hilft sich selbst – und erfährt dadurch Hilfe von anderen, denen er wiederum hilft. Keine Seele findet alleine den Weg zur Vollkommenheit. Sie braucht offene, liebevolle und tiefe Begegnungen mit anderen Seelen. Sie braucht Freundschaften, die nicht nur ein Leben lang halten."

„Du bist so inspiriert", sagte Florian. „Wenn du sprichst, strahlen deine Augen, wie ich es bei noch keinem Menschen gesehen habe. Ich bin noch nie einer Frau wie dir begegnet. Und ausgerechnet dir stehle ich die Handtasche!"

„Gut, daß du es getan hast", sagte Amanda. „Orthodoxe Buddhisten würde dieser Fall in erhebliche Verwirrung stürzen. Du hast eine schlechte Tat begangen – und damit Gutes bewirkt. Es gibt eben keine Regeln ohne Ausnahmen. Auch nicht im Buddhismus."

„Du sagtest eben, unsere Sehnsucht ist der Motor, der den Kreislauf der Wiedergeburten in Gang hält. Welche Sehnsucht meinst du?"

„Ich meine alle menschlichen Sehnsüchte, all die unerfüllten Wünsche und Begierden. Die Sehnsucht nach Schönheit, Jugend, Reichtum, Ruhm, Macht. Die Sehnsucht nach Liebe, nach einem guten Leben, nach Geborgenheit, Abenteuern, Reisen, nach allem, was dic Welt uns zu bieten hat. Diese Sehnsucht zieht die Seele immer wieder auf den Boden der Erde zurück. Erst wenn die Seele in vielen unterschiedlichen Körpern alle Spielarten des Lebens am eigenen Leibe erfahren hat, erst wenn sie weiß, was es bedeutet, zu lieben und geliebt zu werden, zu hassen und gehaßt zu werden, berühmt zu sein und namenlos, reich und bettelarm, mächtig und hilflos, läßt ihre Sehnsucht nach. Und wenn sie endgültig verstanden hat, daß der Tod ihr immer wieder alles nimmt, fragt sie sich schließlich nach dem Sinn des ewigen Kreislaufs und beginnt, gegen seine Monotonie zu rebellieren, mit dem Ziel, sich aus seinem Bann zu befreien. Die sehnsüchtige Seele ist unvollkommen. Je mehr ihrer Sehnsüchte erfüllt werden, desto vollkommener wird sie. Und wenn sie sich schließlich von ihrer letzten Sehnsucht, ihrem letzten Verlangen befreit, erreicht sie die Vollkommenheit."

„Und um an diesen Punkt zu kommen, braucht sie diese lange Reihe von Körpern?" fragte Florian.

„Ja. Sie braucht viele Partner, um sich zu vervollkommnen. Und jeder Körper, weiblich oder männlich, in dem sie wohnt, ist ein Partner auf ihrem Weg zur Selbstvollendung, zur Erleuchtung. Die vollkommene Seele braucht keinen Partner mehr, sie ist völlig selbständig und nicht mehr auf eine neue Verkörperung angewiesen. Sie hat ausgelernt, die Meisterschaft erreicht und steigt in eine höhere, feinere Dimension des Lebens auf, deren Schönheit wir uns nicht einmal im Traum vorstellen können."

„Ich kannte einmal flüchtig einen Buddhisten", fuhr Florian fort, „der stets peinlich darauf bedacht war, kein schlechtes Karma anzusammeln. Er versuchte, immer nur Gutes zu tun, freundlich zu Mensch und Tier zu sein und keinem Lebewesen etwas Böses zuzufügen, weil er davon überzeugt war, daß jede Tat, die von ihm ausging, auf ihn zurückfallen würde."

„Ja, das ist ein buddhistischer Grundgedanke. Alles, was du bewirkst, wirkt in irgendeiner Form auf dich zurück. Darum frage dich vorher, ob du mit den Konsequenzen leben willst. Frage dich, bevor du einen Menschen quälst, ob du damit leben kannst, früher oder später dieselbe Qual zu erleiden. Das Karma läßt nicht mit sich handeln, es gibt und nimmt dir das, was du den anderen gibst und nimmst, es ist eine Form höherer Gerechtigkeit, an die viele Menschen nicht glauben. Sie sorgt mit unfehlbarer Sicherheit dafür, daß jeder mit der Zeit erntet, was er gesät hat. Unser jetziges Leben ist die Ernte der Saat unserer vorherigen."

„Und wann wurde unsere Seele geboren? Oder gab es sie immer schon?"

„Es gab sie immer schon, wie es sie immer geben wird", sagte Amanda. „Sie lebt außerhalb der Zeit. Dennoch muß sie sich entwickeln, muß sich ihres wahren Wesens bewußt werden. Sie muß lernen, ihre Freiheit zu verwirklichen, und dazu braucht sie die Hilfe der Reinkarnation. Mit jedem neuen Körper, dem sie inneres Leben schenkt, lernt sie mehr über sich selbst. Manche Seelen lernen in einem Menschenkörper das, wozu andere zehn Körper brauchen. Manche gehen mit schnellen Schritten in die Erleuchtung, andere im Schneckentempo. Doch einmal kommt für jede Seele die letzte Inkarnation, der letzte Partner, der sie zum Tor der Vollendung bringt. Und sie feiert mit dem letzten körperlichen Tod den endgültigen Abschied von der Körperlichkeit. Manche Buddhisten behaupten, daß bestimmte erleuchtete Seelen – trotz des Leidens, das sie damit auf sich nehmen – in einem neuen Körper auf die Welt zurückkommen. Nicht aus Sehnsucht oder Begierde, nicht weil ihnen noch eine spezielle Erfahrung fehlt, sondern allein aus Mitgefühl für die Menschen, die im Dunkel stehen und Hilfe brauchen auf dem Weg zur Erleuchtung, die Hilfe einer vollkommenen Seele."

„Wie viele Leben brauchst du denn noch auf deinem Weg zur Vollendung?" fragte Florian. „Hast du schon alles erlebt und ausgekostet, was das irdische Leben zu bieten hat?"

Amandas Blick begegnete Florians. Eine Weile war es ganz still zwischen ihnen, als hielte die Welt um sie herum den Atem an.

„Ich weiß nicht – manchmal kommt es mir so vor", antwortete Amanda leise. „Manchmal habe ich das seltsame Gefühl, als sei dieses Leben mein letztes, als sei dieser Körper die letzte Bindung meiner Seele an die Welt. Als sei ich kurz davor, mein wahres Wesen zu erkennen."

„Gefühle können täuschen", sagte Florian.

„Gedanken über Gefühle auch", erwiderte Amanda.

Sie mußten im selben Augenblick lachen. Ihr Gelächter tat ihnen gut und wollte nicht enden. Während er mit Amanda lachte, war es Florian, als hätte er etwas Kostbares gefunden, was er schon immer gesucht hatte, ohne genau zu wissen, was es war. Und er empfand Freude und Dankbarkeit.

Als die Wellen des Lachens verebbt waren, fragte Florian: „Weißt du, wie man sein wahres Wesen erkennen kann?"

„Indem man alles ablegt, was man bislang geglaubt hat zu sein", war Amandas spontane Antwort. „Mann oder Frau, Arbeiter oder Intellektueller, Angestellter oder Selbständiger, Deutscher oder Amerikaner, jung oder alt, arm oder reich, häßlich oder schön. Man muß alle Etiketten entfernen und wegwerfen, die man sich selbst und die andere Menschen einem im Lauf der Zeit angeheftet haben. Man muß den Mut und die Kraft aufbringen, sich als ein unbeschriebenes Blatt zu betrachten."

Florian schüttelte unwillkürlich den Kopf, als ginge ihm dieser Gedanke zu weit. „Wie soll das gehen? Wir alle sind nun mal geprägt durch unsere Anlagen und Erfahrungen. Niemand ist ein unbeschriebenes Blatt, niemand wird es jemals wieder sein."

„Glaub mir, es geht! Nicht von heute auf morgen, es dauert seine Zeit. Aber es geht, wenn du es wirklich willst. Versuch es! Was hast du zu verlieren – außer deinen Illusionen über dich selbst? Fang damit an, deine Gedankenfabrik nur für ein paar Minuten stillzulegen. Du wirst sehen, wie schwierig das ist, weil die Gedanken sich nicht gern bei ihrer Arbeit unterbrechen lassen, uns von unserem wahren Selbst abzulenken. Dennoch: Halte die Produktion an! Du bist der Chef! Die Buddhisten nennen dies Meditation. Ein Zustand völliger Gedankenstille. Wir brauchen diese geistige Stille in uns, um eine Ahnung unseres eigentlichen Wesens zu bekommen."

Florian tat entsetzt. „Das heißt, wir sollen aufhören zu denken? Ich frage mich, wie lange die Menschheit das überleben wird."

„Komm, du weißt genau, wie ich es meine. Wir sollen aufhören, Sklaven unseres Denkens zu sein. Das will uns die Meditation lehren. Wir setzen oder legen uns hin und betrachten, was in unserem Geist geschieht. Wir betrachten unsere Gedanken, aber wir identifizieren uns nicht mit ihnen. Wir lassen sie vorüberziehen wie Wolken am Himmel. Und irgendwann kommt unverhofft der Augenblick, wo der Himmel frei von Wolken ist – und wir erahnen unser wahres Wesen, unsere Schwerelosigkeit und Freiheit. Die Illusionen fallen von uns ab. Wir erkennen die erlösende Wahrheit, die wir so lange gesucht haben."

„Hm!" machte Florian. „Das klingt so einfach. Und doch ist es anscheinend so schwierig, daß es kaum jemandem gelingt."

„Das Einfachste kann das Schwierigste sein", sagte

Amanda, „zumal in unserer Welt alles auf dem Kopf steht. Bedenke, daß wir in einer Kultur leben, die Bildung vergöttert und Weisheit geringschätzt. Die das Geld anbetet und die Seele verkommen läßt. Die sich an Illusionen orientiert und eine abgrundtiefe Angst vor der Wahrheit hat."

Florian betrachtete Amanda eine Weile fasziniert, bevor er sagte: „Ich frage mich, womit ich es verdient habe, einen Menschen wie dich zu treffen. Bisher bin ich immer nur Leuten begegnet, die wie ich blind und auf gut Glück durchs Leben gelaufen sind. Du bist ganz anders. Ich glaube, es war kein Zufall, daß gerade du dieses Zauberbuch gefunden hast. Vielleicht war das der Schritt, von dem der Namenlose sprach. Der Schritt, der dir noch fehlte."

Amanda erwiderte Florians Blick. „Vielleicht war es auch kein Zufall, daß gerade du mir das Buch gestohlen hast. Ich sollte dir böse sein, aber ich bin dir dankbar. Wie in deinem Traum."

Sie sahen sich in die Augen. Florian war es, als hätte er noch nie so zauberhafte Augen gesehen. Er bekam Angst. Er kannte diese Angst, er hatte sie schon einmal in seinem Leben gehabt. Es war die Angst, sich in eine Frau zu verlieben, die zu gut für ihn war. Beim ersten Mal war er in eine andere Stadt gezogen. Diesmal wollte er nicht flüchten. Doch er brauchte Mut, den er jetzt noch nicht aufbringen konnte, den er noch sammeln mußte.

Als hätte Amanda seine Gedanken gelesen, fragte sie ihn: „Wie stellst du dir jetzt deine Zukunft vor?"

„Ich will versuchen, mich mit meinem Vater zu versöhnen", antwortete Florian spontan, „und eine Arbeit finden, mit der ich anderen Menschen etwas Gutes geben kann. Aber eigentlich überwältigt mich die Gegenwart so sehr, daß ich kaum an die Zukunft denken kann. Ich weiß nur, daß alles ganz anders sein wird. Weil ich ein anderer Mensch geworden bin. Durch das Zauberbuch – und durch dich. Ich würde dich gern öfter sehen, sehr gern, aber ich fürchte, daß du zu gut für mich bist. Wer bin ich denn? Ein Taschendieb."

„Nein, Florian. Du warst ein Taschendieb. Jetzt bist du ein Mann, der ein wunderbares Geheimnis mit mir teilt. Der mir das Zauberbuch zurückgebracht hat. Dem ich es ohne Bedenken anvertrauen würde. Du bist ein Mensch, dem ich vertraue – und ich vertraue nicht so leicht. Ich werde deine Hilfe brauchen bei der Auswahl der Menschen, mit denen wir unser Geheimnis bedenkenlos teilen können. Denen wir die Möglichkeit geben können, im Zauberbuch zu lesen, ohne Verrat und Undank fürchten zu müssen. Außer dir und mir weiß nur noch Roland, mein Vater, von der Existenz des Buches. Wir drei werden Menschen suchen, die sich nach höchster Einsicht sehnen und ihnen ins Herz schauen. Ihre Vertrauenswürdigkeit prüfen. Mein Vater auf seine, du auf deine, ich auf meine Art. Und nur, wenn wir drei uns einig sind, daß wir einen Suchenden gefunden haben, dem wir voll und ganz vertrauen können, werden wir ihn in unser Geheimnis einweihen und ihn im Zauberbuch lesen lassen. Willst du mir helfen?"

Florian sah Amanda an, als könne er nicht fassen, was sie ihm gerade angeboten hatte. Als er seine Sprache wiedergefunden hatte, sagte er: „Es ist eine wunderbare Idee, Amanda. Natürlich werde ich dir und deinem Vater helfen, so gut ich kann. Ich danke dir für dein Vertrauen. Du weißt gar nicht, wieviel du mir damit gibst! Ich kann es noch gar nicht fassen."

Er stand auf, räusperte sich und sagte: „Ich glaube, ich lasse dich jetzt besser mit dem Buch allein. Darf ich dich bald wieder besuchen?"

Amanda lächelte und stand auch auf. „Du darfst nicht – du mußt! Wie wäre es mit morgen abend?"

Unwillkürlich gingen beide im selben Moment einen Schritt aufeinander zu und standen sich jetzt so nah, daß Amanda Florians Atem auf ihrer Wange spürte. Sie schauten sich in die Augen, und die Zeit blieb stehen.

Als sie sich umarmten, mußten sie plötzlich weinen – wie zwei gute, alte Freunde, die sich seit einer Ewigkeit nicht gesehen hatten und von der Wiedersehensfreude überwältigt wurden. Wie zwei unzertrennliche Freunde, die sich vor sehr langer Zeit etwas versprochen und ihr Versprechen gehalten hatten.

Florians innige, liebevolle Umarmung führte Amanda ins Haus ihrer Seele. Sie fühlte sich über eine unberührte Schwelle getragen – in ein Zimmer, in dem sie bislang noch nie gewesen war. Es war ein Raum, in dem das Scheinbare endgültig seine Kraft verlor und dem Wirklichen wich. Ein Raum, wo die Täuschung ihre letzten, zum Scheitern verurteilten Anstrengungen unternahm, die Wahrheit zu unterdrücken.

Als Florian ihre Wohnung verlassen hatte, ging Amanda zum Fenster und sah ihm mit zärtlichem Blick nach, bis er um die Ecke bog. Dann setzte sie sich, nahm das Zauberbuch in die Hand und schlug es auf.

Es hatte ihr schon manches über die Erleuchtung gesagt. Sie rief sich alles ins Gedächtnis zurück und fragte das Buch, ob ihr Glauben, daß jeder Mensch Erleuchtung erlangen kann, der Wahrheit entsprach. Auf dem Papier erschien die Antwort:

Jeder Mensch kann erleuchtet werden,
der sich nach einem Leben jenseits
der weltlichen Widersprüche sehnt,
das von Frieden und Schönheit,
von Zauber und Freiheit beseelt ist.
Je größer seine Sehnsucht ist,
desto kleiner ist die Zahl der Körper,
mit denen seine Seele sich verbinden muß,
um reif zu werden für die Körperlosigkeit.

Körperlosigkeit, dachte Amanda. Das, was der Verstand nicht verstehen und die Vorstellung sich nicht vorstellen kann. Aber das, wonach ich mich immer schon gesehnt habe. Wer die Welt durchschaut, will sie verlassen. Nur der Unwissende läßt sich von ihrem trügerischen Glanz blenden. Nur der Ängstliche klammert sich an sie. Viele Menschen sind unwissend, viele sind ängstlich. Sie fürchten sich voreinander, vor sich selbst, vor der Wahrheit. Aber es gibt auch die Mutigen, die sich nach Erkenntnis und Weisheit sehnen. Die an der Diktatur der Widersprüche nicht verzweifeln und unbeirrbar den verborgenen Sinn hinter der offensichtlichen Sinnlosigkeit suchen.

Warum hat auf dieser Welt alles zwei Seiten, fragte Amanda sich und sah auf dem Papier des Zauberbuches die Worte entstehen:

Es liegt in der Natur der Welt,
ihre allgegenwärtigen Gegensätze
voneinander getrennt zu halten.
Diese Trennung erzeugt die Kraft,
die das Weltgeschehen in Bewegung hält.
Tod und Geburt, Wärme und Kälte,
Licht und Dunkel, Ebbe und Flut,
Tag und Nacht, Reichtum und Armut,
alles kann auf dieser Welt
nur getrennt voneinander existieren.
Sie ist ein Planet des getrennten Einen,
ein Planet der unversöhnlichen Widersprüche.

Ja, sie ist ein Ort, wo die Gegensätze Angst voreinander haben und sich mit gesenktem Blick aus dem Weg gehen, dachte Amanda. Dabei kommt es darauf an, daß die Widersprüche sich in die Augen sehen, um voneinander zu lernen und sich mit der Zeit aufzulösen. Denn alles ist im Grunde eins. Und jede Trennung ist unnatürlich. Die Menschen schlafen mit offenen Augen. Sie führen ein unwahres Leben, das sie von ihrem eigentlichen Wesen trennt und abgrenzt. Sie sind sich selbst die Fernsten. Manche spüren es und leiden darunter, wissen aber nicht, wie sie sich näher kommen können.

Das wahre Leben hat keine Grenzen. Und alles hat nur eine Seite. Das Gute ist nur gut. Und das Böse gibt es nicht, weil es zu schwer wiegt, um ins wahre Leben aufzusteigen. Es bleibt an den Boden gefesselt. Das wahre Leben kennt keine Ängste. Schönes ist nur schön. Häßliches existiert nicht, es lastet zu schwer, wie die Ängste, wie das Böse. Nur das Leichte steigt ins Grenzenlose.

Amanda sah auf das Zauberbuch und las:

> Das Leichte steigt ins Grenzenlose.
> Und die lange Reihe von
> weiblichen und männlichen Körpern,
> in denen die Seele wohnte,
> bis sie ihr wahres Zuhause fand,

wird zu einer Perlenkette,
die das Erwachen durchtrennt.
Und alle Perlen,
für jedes Leben eine,
fallen lautlos ins Bodenlose.

Unwillkürlich erinnerte sich Amanda an den Moment, als das Zauberbuch ihr versprochen hatte, sie zu erwecken – kurz nachdem sie es aus der indischen Erde befreit hatte.

Das Zauberbuch hatte ihr auch gesagt, ihre Sehnsucht nach dem Wunderbaren hätte sie zu ihm nach Indien geführt. Diese Sehnsucht hatte sie schon als Mädchen gespürt, als sei sie mit dem Wissen um eine höhere Macht auf die Welt gekommen, die in ihr und im ganzen Universum auf unvorstellbare Weise wirkte. Einige Male in ihrem Leben war sie dieser Macht nahe gekommen und hatte sich von ihrer maßlosen Kraft und Schönheit verzaubert gefühlt.

Sich mit dieser verborgenen Quelle allen Lebens zu vereinigen, war Amandas größte und geheimste Sehnsucht. Es war die Sehnsucht danach, mit der mächtigen, weisen Kraft, die das Universum lenkte, zu verschmelzen. Das innige Verlangen der Seele nach der Vereinigung mit dem höchsten Sinn. Amanda hatte häufig versucht, dieses Verlangen zu ignorieren, und oft, vielleicht zu oft, war es ihr auch gelungen.

Doch jetzt, nach dem extremen Wechselbad der Gefühle, das die Entdeckung, der schockierende Verlust und die überraschende Wiedergabe des Zauberbuches Amanda beschert hatte, war sie nicht länger fähig, ihre Sehnsucht zurückzuhalten. Sie stieg aus der Tiefe ihrer Seele unaufhaltsam in ihr Herz, in ihr Denken, in ihren Körper, in ihr ganzes Wesen und erfüllte es.

Amanda sah durch den Tränenschleier in ihren Augen auf das Zauberbuch und las:

Nur eine sehnsüchtige Seele
kann Befreiung erlangen.
Nur ein gütiges Herz
kann Liebe schenken.
Nur ein klares Bewußtsein
kann erleuchtet werden.
Nur ein freier Geist
kann die Angst
vor dem Unbekannten überwinden.

Sehnsüchtiger könnte meine Seele nicht sein, dachte Amanda. Doch ist mein Herz gütig genug, ist mein Bewußtsein klar genug, ist mein Geist wirklich frei? Oder bin ich noch zu sehr an meine Erfahrungen, Vorurteile und Ängste gefesselt?

Das Zauberbuch antwortete ihr:

Deine Erfahrungen,
deine Ängste und Vorurteile,
deine Bedenken und Gewohnheiten
standen lange genug Wache vor der Tür
in die Freiheit der Erleuchtung.
Schiebe sie beiseite,
sie halten dich
von deinem wahren Wesen fern.
Komm – und entdecke dich.

Wieso gerade ich, fragte Amanda sich. Was hatte sie schon in ihrem Leben erreicht oder getan, um die Erleuchtung zu verdienen? Die endgültige Befreiung der Seele, die Unzählige schon vergeblich gesucht hatten. Sie hatte die meiste Zeit ihres Lebens der Archäologie gewidmet und sich auf das Vergangene, Tote konzentriert, anstatt das Gegenwärtige, Lebendige in seiner ganzen Tiefe zu entdecken. Einen Moment lang dachte sie erschrocken, daß sie ihr Leben falsch gelebt hatte. Altertumsforscherin – ein Beruf für Menschen, die vor der Gegenwart flüchten. Dann kam ihr der Gedanke, daß sie niemals das Zauberbuch entdeckt hätte, wenn sie nicht Archäologin geworden wäre. Diese Erkenntnis erweckte in ihr das sichere Gefühl, daß alles in ihrem Leben einem höheren Sinn gefolgt war, daß sie also nicht falsch gelebt hatte, sondern so, wie es nötig gewesen war.

Wie kann ich, fragte Amanda das Zauberbuch, meine Ängste und Erfahrungen, meine Bedenken und Gewohnheiten beiseite schieben? Sie werden sich mit aller Kraft wehren, sie werden um ihr Leben kämpfen. Und sie sind stark.

Darauf erschien die Schrift:

Wenn du dich diesem Augenblick
ganz und gar hingibst,
wenn du mit Leib und Seele
in der Gegenwart aufgehst,
dann verblassen alle Ängste,
alle Bedenken und Gewohnheiten
im Licht des ganz gelebten,
ganz geliebten Augenblicks.
Dieses Licht ist deine wahre Heimat,
dein eigentliches Leben.
Es führt dich sicher
aus der Illusion in die Wahrheit.

Als Amanda diese Worte gelesen hatte, ließ sie sich auf Gedeih und Verderb in die Tiefen des Augenblicks fallen. Sie vertraute sich dem Leben an wie nie zuvor.

Sie schloß die Augen. Ihre Gedanken verstummten. Ihr Bewußtsein lauschte in sich hinein. Dann gab es nur noch sie und den Augenblick.

Durch ihre geschlossenen Lider sah Amanda, wie ein wunderbares Licht aus dem Zauberbuch in ihr Herz zu strömen begann. Ihr wurde immer heller und leichter zumute. Ein himmlischer Frieden erfüllte ihr ganzes Wesen.

Unwillkürlich öffnete Amanda die Augen und sah auf der linken Seite des Buches das anmutige Gesicht einer jungen Frau mit indischen Zügen, während auf der rechten Seite die Schrift erschien:

Diese Frau warst einmal du.
Sie war eine Jüngerin des Mannes,
durch dessen Erleuchtung
dieses Buch seinen Zauber gewann.
Schon damals, vor sehr langer Zeit,
hat deine Seele das Licht gesucht.
In vielen Körpern hast du seitdem gelebt,
viele Frauen und Männer bist du gewesen
auf deinem Weg durch die Jahrhunderte.
Zahllose Erfahrungen hast du gesammelt,
zahllose Einsichten gewonnen,
von allen Seiten hast du das Leben betrachtet,
um sein eigentliches Wesen zu erkennen.
Nun ist die Zeit gekommen,
die Früchte deiner Seelenwanderung zu ernten.

„Warum kann ich mich nicht an meine früheren Leben erinnern?“ fragte Amanda das magische Buch. Und sie las:

Noch steht eine dünne Mauer
zwischen deinem jetzigen
und deinen früheren Leben.
Doch sie wird fallen,
sie zittert schon,
denn sie kann den Einsichten,
die du in deinen vielen Leben
gewonnen hast,
nicht länger standhalten.

Amandas Blick kehrte von der Schrift zu dem Bild der jungen indischen Frau zurück, die sie einmal gewesen war. Sie sah der Frau intensiv in die Augen – und erschrak. Es waren ihre eigenen Augen, der Spiegel ihrer Seele, in die sie blickte.

Dann verblaßte die Frau und machte dem faltigen Gesicht eines alten Mannes mit schlohweißem Haar Platz, der Amanda gütig und gelassen anlächelte. Auch ihm sah sie tief in die Augen und erkannte sich selbst in ihnen wieder.

Es erschienen und verblaßten nun mehr und mehr Gesichter von Frauen und Männern mit dunkler und heller Hautfarbe, mit blonden, braunen, roten oder schwarzen Haaren. Es waren junge und alte, schöne und unscheinbare Gesichter, die aus allen Teilen der Welt und allen Epochen der Geschichte zu stammen schienen und sich auf der Seite des Zauberbuchs ein magisches Stelldichein gaben. Doch die Augen all dieser Gesichter waren immer dieselben, und Amanda fühlte ohne den geringsten Zweifel, daß ihre Seele einmal alle diese Menschen mit Leben erfüllt hatte, um an den Punkt zu gelangen, den sie nun, nach einer langen Seelenwanderung, erreicht hatte.

Das letzte Gesicht auf der linken Buchseite war ihr jetziges. Es wirkte so, als wäre die Seite des Zauberbuches zu Spiegelglas geworden. Amanda verstand, daß dieses Leben die letzte Verkörperung ihrer Seele sein würde. Es war ihr letztes Leben in einem menschlichen Körper.

Und nun spürte sie das Zittern der dünnen Mauer, von der das Zauberbuch gesprochen hatte. Ein Beben, das schnell so stark wurde, daß die Mauer der Unwissenheit ihm nicht mehr standhalten konnte – und in sich zusammenfiel.

Überwältigendes Glück durchströmte alle Fasern ihres Wesens, als Amanda die Herrschaft der Widersprüche überwand und sich endgültig von ihrem falschen Ich befreite. Feuer und Wasser versöhnten sich in ihr, Geburt und Tod wurden eins, Licht und Dunkelheit verschmolzen miteinander.

Endlich stand die Tür des Käfigs offen. Und der so lange gefangene Vogel zögerte nicht, ins Freie zu fliegen.

Amandas Seele, ihr einzig wahres Selbst, fühlte mit ungeahnter Freude, Klarheit und Erleichterung, daß sie nun frei war, im ewigen Spiel des grenzenlosen Seins selbständig über ihr weiteres Schicksal zu entscheiden. Sie verließ in vollkommener Glückseligkeit den Kreislauf der Wiedergeburten, um in ein Dasein jenseits der Grenzen menschlicher Vorstellungskraft aufzusteigen. Ihr Schlaf, der so viele Menschenleben angedauert hatte, war für immer beendet.

Freudentränen liefen über ihre Wangen und fielen auf ihr Spiegelbild im Zauberbuch.

Sie stand auf, ging zum Fenster und schaute auf die Straße hinunter. Es war ihr, als würde sie alles mit ganz neuen Augen sehen – Augen, die ins Herz des Lebens blickten. Ein junges Paar saß auf der obersten Stufe eines Hauseinganges und führte ein Streitgespräch. Ein Mann im mittleren Alter lief steif an den beiden vorbei, ohne sie eines Blickes zu würdigen. Eine ältere Frau ging mit langsamen, traurig wirkenden Schritten zu einem Auto und stieg ein.

Amanda empfand ein Mitgefühl für diese ihr fremden Menschen unten auf der Straße, das sie in dieser Weise und Stärke noch nie gekannt hatte. Sie fühlte, daß alle vier nicht bei sich selbst, nicht frei, sondern in Streit, Gleichgültigkeit und Traurigkeit gefangen waren.

Und sie wußte, daß der Sinn ihres letzten Lebens auf dieser Welt von nun an darin bestehen würde, Menschen zu helfen, die sich nach innerer Befreiung, Erkenntnis und Erleuchtung sehnten – wie das Zauberbuch ihr geholfen hatte.

Neue Gedichte aus der Herzensmitte und kleine Überraschungen von Hans Kruppa

Der Wunschkristall. ISBN 3-451-26694-6
Sternschnuppen. ISBN 3-451-26588-5
Deinen Zauber spüren. ISBN 3-451-26317-3
Komm, laß uns fliegen. ISBN 3-451-26429-3
Wegweiser zur Freude. ISBN 3-451-27161-3
Wegweiser zum Glück. ISBN 3-451-26940-6
Wegweiser zum Leben. ISBN 3-451-27160-5
Wegweiser zur Liebe. ISBN 3-451-26941-4
Wunschzettel an den Augenblick. ISBN 3-451-26695-4
Wunschzettel ans Glück. ISBN 3-451-26318-1
Wunschzettel ans Leben. ISBN 3-451-26428-5
Wunschzettel an die Liebe. ISBN 3-451-26587-7

HANS KRUPPA
wurde 1952 in Marl geboren. Er studierte Anglistik und Sport in Freiburg und lebt seit 1981 als freier Schriftsteller in Bremen. Von der Kritik hochgelobt, sind seine Gedichte und Erzählungen in mehr als einer Million Büchern verbreitet. „Er vermittelt durch seine Arbeiten Hoffnung, Lebensbewältigung, Kraft. Und das macht ihn so wichtig", urteilt beispielsweise die „Passauer Neue Presse" über ihn.

Einbandgestaltung: Hermann Bausch
Satz: Layoutsatz Kendlinger, Freiburg
Reproduktionen: HWF Müller GmbH, Denzlingen
Herstellung: L.E.G.O. Olivotto S.p.A., Vicenza 1999
ISBN 3-451-27162-1